· 基于综合实践活动的生涯教育系列丛书
· 重庆市普通高中校本教研基地成果
· 中共重庆市委教育工作委员会中小学校党建重点课题（24SKZX
· 重庆市教育科学规划课题"项目联动——名校推动农村初级中学发展策略研究"成果
· 西南大学附属中学荣昌实验学校出版专项资助
· 重庆市首批中小学"支点"创新实验室成果

给理想一点时空

总主编◎欧　健　张　勇
主　编◎付新民

西南大学出版社
国家一级出版社　全国百佳图书出版单位

图书在版编目(CIP)数据

给理想一点时空 / 付新民主编. -- 重庆：西南大学出版社, 2024.11. -- ISBN 978-7-5697-2528-5

Ⅰ. I25

中国国家版本馆CIP数据核字第2024V9S273号

给理想一点时空
GEI LIXIANG YIDIAN SHIKONG

总主编　欧　健　张　勇
主　编　付新民

策划编辑｜王　宁　尤国琴
责任编辑｜文佳馨
责任校对｜杨光明
装帧设计｜闰江文化
排　　版｜杜霖森
出版发行｜西南大学出版社（原西南师范大学出版社）
　　地　　址｜重庆市北碚区天生路2号
　　邮　　编｜400715
　　电　　话｜023-68868624
印　　刷｜重庆市涪陵区夏氏印务有限公司
成品尺寸｜185 mm×260 mm
印　　张｜15.25
字　　数｜275千字
版　　次｜2024年11月　第1版
印　　次｜2024年11月　第1次印刷
书　　号｜ISBN 978-7-5697-2528-5
定　　价｜42.80元

编审委员会

总顾问：宋乃庆
主　任：欧　健　张　勇
副主任：刘汭雪　梁学友　黄仕友　彭红军　徐　川
委　员：邓晓鹏　崔建萍　卓忠越　陈　铎　冯亚东　秦　耕
　　　　李海涛　李流芳　曾志新　王一波　张爱明　付新民
　　　　龙万明　涂登熬　刘芝花　常　山　范　伟　李正吉
　　　　吴丹丹　蒋邦龙　郑　举　李　越　林艳华　罗　键
　　　　李朝彬　申佳鑫　杨泽新　向　颢　赵一旻　马　钊
　　　　张　宏　罗雅南　潘玉斌　秦绪宝　谭　鹃　张兵娟
　　　　范林佳

编审委员会

总主编：欧　健　张　勇
主　编：付新民
副主编：冯亚东　张爱明
编写者：杨　森　周小莉　杨文谦　段志勇　向　颢
　　　　唐运模　兰显耀　张小红　张　婧　苟晓东
　　　　王　浩　罗　键　谭　鹃　张兵娟　范林佳
　　　　王诗梦

总序一

新高考改革,出发点就是让学生拥有自主选择、自我负责的学习权。此种导向要求中学进行育人方式的变革,为学生开设生涯教育的课程,给予学生人生规划的指导,引导学生认知自己,明确自己的兴趣、性格、优势、价值取向,让学生以此为基础认识外界,更好地为自己设立生涯目标,并根据已拥有的资源实现目标。"基于综合实践活动的生涯教育"系列丛书,正是西南大学附属中学先于国家政策试点,通过不懈的实践探索,收获的基于综合实践活动推进生涯教育的特色研究成果。

如何通过生涯规划课程引导学生学会自主选择,这一重要议题为我国教育改革与发展开拓了一个新的领域。"基于综合实践活动的生涯教育"系列丛书,从实践的角度架构了基于综合实践活动的生涯教育的基本框架,为服务于学生发展的育人模式的构建、学校教育品质的提升和学校实践改革的推进提供了重要启示,具有开拓意义。

第一,该套文丛的目标定位和内容选择,是以"帮助学生找到人生方向"为根本宗旨,贯穿初高中,培养个体人生规划意识与技能,指导学生学会学习、学会选择,在充分认识自我和理解社会的基础上,平衡个人发展和社会发展的需求,初步设计合理的人生发展路径,促进个体生涯发展,提升生涯素养。

第二,文丛的设计与安排,坚守"学生是学习与发展的主体"这一根本理念,初高中分阶段相互衔接,进行一体化设计;通过活动为学生搭建主动选择的平台,以研究性学习、社区服务、社会实践、研学旅行、设计制作、职业体验等综合实践活动为载体,引导学生在活动中明确人生奋斗目标并激发生涯学习动力,并不是简单地为学生提供品类繁多的"超市商品"让学生选择。

第三，学校还开发了《传统武术奠基康勇人生》《食育与健康生活》《生物实践与创意生活》《数学视角看生活经济》《水科技与可持续发展》《乡土地理和家国情怀》等配套文丛，结合校内外的学习实践和生活实践，将基于综合实践活动的生涯教育理论渗透到学科课程中，为学生生涯发展提供重要教育平台和资源，弥补学生社会经历缺乏、生活经验不足、实践体验机会太少等生涯教育短板，促进生涯教育过程性和动态性发展。主体文丛和辅助文丛相辅相助，将生涯教育和综合实践活动有效融合，让学生在沉浸式的体验中感知自己、认知职业、畅想未来。

第四，文丛贴近学生，语言平实生动，联系初高中生活学习实际，通俗易懂；图文并茂，既有趣味的活动设计，又有学生实践的光影记录，观之可亲。学生可从课堂内的探索活动、课堂外的校本实践中深刻体验生涯力量，还可在教师的引导下从活动链接中习得生涯领域的重要概念及理论，为未来的生涯发展做好积累。

总体而言，整套文丛以综合实践活动为基础，融入学科课程和劳动教育，以提升学生生涯规划能力为目的，不断强化适合生涯发展的认知能力、合作能力、创新能力、职业能力，力图帮助学生适应并服务于社会，获得终身学习、终身幸福的能力。

教书育人在细微处，学生成长在实践中。本套文丛的出版，将丰富生涯教育的承载形式，为中小学开展并落实基于综合实践活动的生涯教育提供可借鉴的案例，有效加强中学生生涯教育，促进学生全面发展、终身发展和个性发展。希望广大学生也可以像西南大学附属中学学生一样，在最适合的时候遇到最美的自己，希望更多的学校像西南大学附属中学一样为学生一生的生涯幸福奠基，让他们成长为自己满意的样子。

（北京师范大学资深教授，博士生导师，当代教育名家，
中国课程与教学论领军人物，全国教学论专业委员会主任）

总序二

寒来暑往,西南大学附属中学在生涯教育这片热土上已躬耕二十余年。多年实践让我们相信,学校的课程、活动、校本读本都应回到问题的原点:什么是教育?

教育,是将自然人培养成社会人的过程,是帮助每一个孩子认识自己、发现自己,让他既能成长为自己心中最美的样子,又能符合国家、社会对人才的需求。

因此,我们希望实现这样一种生涯教育:让学生有智慧地参与综合实践活动,从活动中生发智慧;让学生有德性地参与综合实践活动,在活动中完善德性;让学生带着对美的追求参与到活动中,在活动中提升创造美的能力。一个拥有智慧与德性,能够欣赏美、创造美的个体,定然能够在瞬息万变的世界里站稳脚跟,也能够在喧喧嚷嚷中细心呵护一枝蔷薇。

秉持这样的理念,我们编写了"基于综合实践活动的生涯教育"系列丛书,着力帮助学生更好地适应未来不同阶段的身份、角色。希望学习此书的孩子们,不必因为不懂自己、不明环境、不会选择而错失遇见最美自己的机会。请打开这些书,热情地投入到探索活动中,感知自己的心跳起伏,喜恶悲欣;细细品读每个生涯故事,观察他人的生活,触碰更多可能;更要在校本实践中交流碰撞,磨砺成长……这些书将是孩子们生涯成长路上的小伙伴,陪在身旁,给予力量。希望大家从此学会学习,学会选择,学会生活。

基于综合实践活动的生涯教育是为幸福人生奠基的教育。我相信,当每一个个体恰如其分地成长为自己所喜欢的样子,拥有人生幸福的能力,就同样能为他人带来幸福,为社会创造福祉,为国家幸福而不断奋斗!

欧健

(教育博士,正高级教师,西南大学附属中学党委书记)

前言

付新民

人的一生总要有那么一点时间为理想和远方奔赴,教育扶贫就值得这么做。

以前我虽然一直负责学校的领雁工程事宜,但完整的以学年为单位的支教对我而言却依然是一件非常神圣、非常遥远的事情。得益于教育部的政策,我有幸到了贵州相对偏远的沿河县支教一年。

没有豪言壮语,一切都来得很突然,但又那么顺理成章。

到了贵州铜仁,才真正知道祖国的教育差距有多大,这里的薄弱学校文化像一片沙漠。这里基本上是不开家长会的,一切是那么原生态,又是那么的需要改变。委实说,在这里,我才真正找到久违的被需要的感觉。

一年来,一百多个有效教学日夜,在给他们一个梦想的同时,也是自己的一次成长。时至今日,我们终于可以骄傲地说:"我们走向西部、走向基层、走向了祖国最需要的地方,我们以自己的选择和坚守,给学生理想以时空,让梦想在更多的孩子心中生根发芽。"

给学生理想一点时空,意味着要把学生从沉重的学业负担中解脱出来,用更多的时间激发、培养他们的兴趣;给理想一点时空,意味着事半功倍,意味着把以传承知识为目的的"接受性学习"变为以培养能力为目的的"研究性学习",增进其思考力和道德判断力;给理想一点时空,意味着让孩子们离科学家、教师、警察、航天员、运动员等他们所崇拜的人距离更近一点;给理想一点时空,意味着按照自己的教育理想行事,听从内心的声音。

寒暑易节,春华秋实。我们今天给孩子们的理想孕育留一点时间和空间,明天就能感受到孩子们快乐成长、实现理想的骄傲和喜悦,让我们静待每一朵花开!

行胜于言,理想的教育是为了教育的理想。即使我们不能改变世界,哪怕只能带来一丝新鲜的空气,我们也是快乐的。"理想既定,行且弥坚",教育的中国梦终将实现。

目 录
CONTENTS

一	责任重大，使命光荣	001
二	被需要的感觉真好	003
三	这里的早读是站着的	005
四	放低姿态倾听	007
五	来自办公室的思考	008
六	压力与动力	009
七	水挂面真好吃	011
八	任务为王	012
九	这里没有家长会	025
十	走马上任	026
十一	给省级名师主持人当师傅是什么感觉	028
十二	报告，这是我教育帮扶交出的第一张答卷	031
十三	雕琢之美——条件成就，每个人都可能是一道风景	033
十四	预感不妙	035
十五	变化多端	036
十六	再次出发	037
十七	细节决定成败	038
十八	无怨无悔	039
十九	起航计划	040
二十	由《采薇》想到的	041
二十一	管理的悖论	043
二十二	由一堂课想到的	045

| 二十三 | "236"高效课堂教学模式 ·········· 046
| 二十四 | 成长的惰性 ·········· 049
| 二十五 | 第二十二条"军规" ·········· 050
| 二十六 | "没有远方"的管理 ·········· 051
| 二十七 | 《涉江采芙蓉》 ·········· 052
| 二十八 | 乡村少年的成长忧思录 ·········· 054
| 二十九 | 由办公楼前的建筑垃圾想到的 ·········· 056
| 三　十 | 父亲,对不起 ·········· 057
| 三十一 | 班主任是个有含金量的工作 ·········· 059
| 三十二 | 从写作到创作 ·········· 061
| 三十三 | 来自元旦的婚柬 ·········· 062
| 三十四 | 盘点 ·········· 063
| 三十五 | 会考时分 ·········· 064
| 三十六 | 这里的教育是生态的 ·········· 065
| 三十七 | 别开生面的班会课 ·········· 067
| 三十八 | 谈谈语文老师与写作 ·········· 069
| 三十九 | 校内赛评课 ·········· 071
| 四　十 | 写作的原理 ·········· 074
| 四十一 | 由首因效应和冷热水效应想到的 ·········· 075
| 四十二 | 没有人事权和财权的学校如何办学? ·········· 077
| 四十三 | 应试素质之争在这里是奢侈品 ·········· 078
| 四十四 | 保安,你好! ·········· 079
| 四十五 | 2020实鼠不易,希望2021牛转乾坤 ·········· 080
| 四十六 | 人生没有白走的路 ·········· 081
| 四十七 | "语文是什么"的问题不是务虚的问题 ·········· 083
| 四十八 | 调查进行时 ·········· 086
| 四十九 | 学校不能是文化荒漠 ·········· 087
| 五　十 | "娘家"来人了 ·········· 089
| 五十一 | 也谈推门听课 ·········· 091
| 五十二 | 同学自主学习时间带手机进校园被留校察看 ·········· 092
| 五十三 | 成长路径 ·········· 094
| 五十四 | 早读由班主任统筹 ·········· 095
| 五十五 | 不相往来? ·········· 096
| 五十六 | 机会来了 ·········· 097

五十七	做个幸福的教师	098
五十八	观察过道是学习深入度的最佳测试方法	099
五十九	期末静悄悄	100
六十	31岁的老姑娘	101
六十一	"围裙效应"	103
六十二	老师的期末考试	104
六十三	警惕教育的语言暴力	105
六十四	被击穿的底线	107
六十五	被抽空的县城中学需要更高层面统筹	109
六十六	站坐间的江山	110
六十七	春天花会开	111
六十八	思辨写作能力训练	113
六十九	忙碌而充实	115
七十	老师,我想您了	116
七十一	提高专业素养　把握出口质量	118
七十二	培优正式开始	122
七十三	办公室成了咨询中心	123
七十四	我真成了沿河人	124
七十五	家校共育至关重要	125
七十六	听力考试之前	126
七十七	讲座以后	127
七十八	课题再出发	128
七十九	高三成人礼	130
八十	照了一下午相	131
八十一	集中攻关	132
八十二	千里之外的党建	138
八十三	教育集团内部教师流动	140
八十四	如何面对学习压力	142
八十五	训诂新解	143
八十六	谢谢大家的关爱	144
八十七	早起的虫子被鸟吃	145
八十八	一起解决发展中的问题	146
八十九	"娘家"来人	147
九十	说情大战	148

九十一	总结发言速记	149
九十二	点燃群文阅读	150
九十三	"基于综合实践活动的生涯教育学习实验班"落地	152
九十四	学校工地热闹起来了	153
九十五	失败了就不再功利了	154
九十六	甘溪的神奇体验	155
九十七	捐书仪式与写作教学讲座	156
九十八	附中欧书记要来	157
九十九	基于综合实践的生涯教育学习开课	158
一 百	我们运气真好	159
一百零一	三十多分展歌喉	160
一百零二	如何优化升学资源	161
一百零三	妈妈的味道	166
一百零四	报告领导,我们站着就是一面旗帜	168
一百零五	落叶归根到落地生根	169
一百零六	职称是永远的痛	171
一百零七	匆匆	172
一百零八	酒背后的文化	173
一百零九	使人成熟的,不是岁月,而是经历	174
一百一十	师恩难忘	175
一百一十一	做好东道主	176
一百一十二	《祝福》观摩课后有感	177
一百一十三	不要对孩子太好	178
一百一十四	升米恩,斗米仇	179
一百一十五	一场特殊的测试	180
一百一十六	记者来访	181
一百一十七	奇怪的赛课	182
一百一十八	分工合作	183
一百一十九	孩子为什么会自卑	184
一百二十	麻烦的报账程序	185
一百二十一	请客吃饭	186
一百二十二	小奖不断	187
一百二十三	准备针对高三年级的集体讲座	188
一百二十四	好遗憾,遇到您迟了	190

| 一百二十五 | 学历整体质量"注水" ··191
| 一百二十六 | 一位让人心动的琵琶弹奏者 ····························192
| 一百二十七 | 高考是怎样的加速度 ·······································193
| 一百二十八 | 考前朋友圈 ···194
| 一百二十九 | 写"人"做人,一字一生 ·····································195
| 一百三十 | 先进集体 ···197
| 一百三十一 | 一堂好课的标准 ···199
| 一百三十二 | 唤醒受教育者的灵魂 ·······································201
| 一百三十三 | 创造力与记忆力 ···202
| 一百三十四 | 高一、高二也需要你 ···203
| 一百三十五 | 眼界与格局 ···204
| 一百三十六 | 资源转化为资产 ···205
| 一百三十七 | 沿河教育资政 ···206
| 一百三十八 | 一次大联合教研 ···209
| 一百三十九 | 金子是怎样发光的 ···211
| 一百四十 | 新高三复习计划 ···212
| 一百四十一 | 告别 ···214
| 一百四十二 | 今晚出高考成绩 ···215
| 一百四十三 | 最后四堂课 ···216
| 一百四十四 | 报考咨询 ···217
| 一百四十五 | 校长、中干培训 ···218
| 一百四十六 | 送君送到大路口 ···219
| 一百四十七 | 从跨区领雁到跨省领航——西大附中教育帮扶工作回顾····220

2020年11月4日 | 星期三 | 雨

一

责任重大，使命光荣

2020年11月4日上午9时许，西南大学行政办公大楼外面细雨纷飞，室内却如沐春风。西南大学附属中学校（以下简称"附中"）助力贵州教育脱贫攻坚援助团队正式吹响出征号角。西南大学校长张卫国、副校长靳玉乐，西南大学基础教育管理处处长刘文政、副处长阚军，西南大学国内合作处副处长李惠和西南大学附属中学党委书记邓晓鹏等领导与我们对口支援贵州的援助团队一一见面握手。

见面会上，西南大学张校长给贵州沿河出征团的一行人上了特别的"开学第一课"。张校长语重心长地强调，2020年是教育脱贫攻坚最后一年，此次出征责任重大，使命光荣，是完成党中央重大战略部署的需要，也是要完成教育部交给西南大学和附中的教育扶贫既定任务。附中高度重视，书记挂帅，精选精兵强将，队伍结构合理，既有年轻有为的校长助理、执行校长，也有重庆市名师、教研组长；既有课程管理研究人员，也有一线青年教学骨干；既有研究型、学者型博士团队，也有经验丰富的语文、英语等教学主科老师。张校长希望大家不辱使命，在保障安全、保证身体健康的前提下，充分发挥自身所长，带好队伍，教好书，深耕沿河教育，为西大争光，为附中添彩，为贵州教育发力！张校长说，我们是去帮助人家的，要有长期吃苦耐劳的思想准备。大家远离亲人、家庭和朋友，需要克服很多困难，还要面临和其他师范大学附属中学援助团队的比较，他相信大家的能力，也相信大家的觉悟。

张校长还亲切地询问了出发前的准备情况和保障情况,要求西南大学和附中服好务,落实好相关人员的政策,之后和援助团队的支教教师合影留念。

　　这次贵州教育扶贫,大学校长、分管业务校长亲自抓,附中党政领导亲自送教,重视程度前所未有,以前援藏、援疆的老师都没有我们福气好。此次沿河支教的四名教师也堪称豪华方阵。张勇,校长助理,曾担任西南大学银翔实验中学的执行校长,把一个刚刚起步学校的裸分重本率硬生生地拉到了百分之七十几;向颢,地理教研组组长,具有丰富的教学经验和班主任管理经历;我,付新民,明面上是重庆市语文骨干教师,课程创新中心副主任,其实就是一个写作爱好者,一个喜欢挑战和有好奇心的老青年;唐运模,初中英语新秀,深受学生喜爱,具有高超的课堂驾驭技巧和能力。

　　此次出征,是西南大学和附中教育扶贫的一个缩影,是为了深入贯彻落实教育部精准教育帮扶任务和《西南大学支持援助贵州沿河县中学教育工作的工作方案》的具体举措,也非常有助于帮助外派教师拓宽视野、增长才干,履行名校的社会服务职能。

2020年11月5日 | 星期四 | 阴雨

被需要的感觉真好

一大早我们就到了要帮扶的思源中学。思源中学外边呢，显得有点儿杂乱，校园里看起来还是挺不错的，尤其是他们的硬件设施给我留下了深刻的印象。他们有高大上的校园电视台，有模拟实验室、3D打印室、可穿戴设备，每间教室里面基本上都是一体机，每位学生都配有笔记本电脑。除了课桌稍稍差一点儿外，硬件设施都是一流的。关键是他们的升学状况也非常好：当地一流，有的学生上了铜陵一中，而且升入贵阳一中的学生也不在少数。这让人不由得产生这样的疑问——这么好的学校还用得着帮扶吗？我笑着对同行的英语老师唐运模说："现在你的压力大了。"

紧接着我们到了沿河县教育局，教育局的房子是临时租的，电梯内外高低不平，整体显得很简陋。在这里，我第一次看到了学校的房子比教育局的好。照例，大家开了一个教育帮扶工作座谈会。铜仁市教育局的汪溦局长也来了，他给我留下了非常深刻的印象。他没有准备稿子，他说："今年是教育脱贫攻坚的决胜之年，西大和西大附中的到来是一场及时雨。沿河是深度贫困县，教育是阻断贫困代际传递的基础。沿河教育局要抓住这个绝佳机遇，用好资源，解决师资队伍不强、教师视野不够开阔等问题。希望在座送教的专家'把脉开方'，深入课堂，寻找到解决问题的良方，示范引领。希望多培养教师，多开展一些学术讲座，我们也可以安排教师到你们那里学习，跟岗挂职嘛。"到这里他开始发力了："大家不要以为西大只有教育资源强，农业也是很强的，好不容易攀上了亲戚,可以建议县长搞校地长期战略合作嘛!"很难想象,铜仁的教育局局长主动在下一盘很大的棋。他继续说:"我们学校要主动配合西大附中的专家教师,而不是安排他们,他们主要是来带队伍的。建议成立专门的后勤服务小组,教育局局长可以亲自担任组长,解决他们的后顾之忧。"

"东北师大附中团队、陕西师大附中团队和西大附中团队建议单独组团,分片对口支援,西大附中邓书记不是都说了吗?要让他们为校争光!"这不就是让教育部直属师大附中进行比较吗?说得我们热泪盈眶的。这方热土不缺有识之士,不缺热情和干劲,缺的是教育基础、教育资源。

在交流中,我们了解到思源中学希望通过研究实现国家课程校本化,办出学校特色。沿河二中因为初高中剥离,伤了一些元气。他们希望通过帮扶、集体备课,提高教师的教育教学研究能力,提高教学质量,争创省级示范高中。

被需要的感觉真好!如何整合资源,如何指导教学,这里给了我们平台和期望,我们既有压力,也有动力。用晓鹏书记的话来说:"讲政治,也讲感情,我愿,我能,我可以,帮扶、跟进、形成方案。"

下午我们去了沿河二中。虽然我们对帮扶其实做足了思想准备工作,但还是没有想到沿河二中条件这么简陋。沿河二中处在半山腰上,最好的楼给了学生,办公楼是穿上穿下的,学校操场还没建好,还没法做早操、课间操。学校教师老龄化严重,最优秀的生源中考分数都在六百分以下,好的生源去了铜仁一中或者贵阳一中,去年756人参加高考,只有29个上了重本,我们的帮扶任重而道远!

2020年11月6日 | 星期五 | 阴转晴

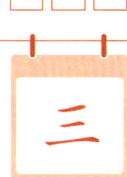

这里的早读是站着的

住宿的地方到学校要走一段山路，来来往往的小朋友很多，看起来只有几岁，没有一个陪护的家长。他们囫囵吃着早餐，边走边吃。孩子们的眼睛纯粹明亮，让我想到了希望工程宣传的那张小女孩的图片。

7点10分他们上早自习，学生们早读都站着，有的在教室，有的在走廊。早读读语文、英语的较多，也有读物理和其他学科的。特别有意思的是，他们读得旁若无人。真想录一段视频让我的学生们看一看，读书对于这里的孩子们来说，意味着什么！

莫道君行早，更有早行人。张勇老师的"沿河二中十大支援工作方案"已经新鲜出炉，和沿河二中领导层沟通后，我们接下来的活有得干。

下午天气突然好转，这是这几天来我看到的难得的艳阳天了。晴天时，二中看起来占尽了天时地利。二中俯瞰城区和乌江，群山都向它低头，大门外的一坡黄菊正在怒放。我忙着准备明天下午的讲座，这是我第一次直接和二中教研组见面，希望可以开个好头，尽管这个讲座我已经讲了无数次，但这里的师情不同，还得努力。上班时要经过张勇老师的办公室，我偷偷瞄了一眼，见他神情专注，没敢惊扰他，我们比二中行政人员来的时间还早。今天上午沟通后，我们对学情有了进一步的认识，这里的中考总分满分660分（含10分民族加分），学生普遍录取分数在400多分，550分就可以读最好的班了。二中的老师待遇并不低，财政拨的钱9000多元，加上超课时、补助，每月大概能拿12000元左右,想想我自己,也多不了多少,但这里的房价只有4000多。他们最大的问题是大家收入差距不大,缺乏动力和激励,管理起来有难度。我的课必须要吸引他们,还要让他们动起来。

课当然也不能触碰到土家族的禁忌。尊重是必须考虑的,宁可保守一点,也不犯错误,这是原则问题。

2020年11月9日 | 星期一 | 晴

放低姿态倾听

今天天气朗晴。给我们的任务终于安排下来了,我除了有示范课、讲座,担任语文学科"超级教研组长"外,还有高三"把脉"和担任高三复读班荣誉班主任、名师工作室名誉主持。虽然课不是很多,但要求其实更高了。为了学校和自身荣誉,也为了不辜负大家的信任,我决定放低姿态,学会倾听,和他们打成一片。从跨进校门起,我们都是二中人。

一大早,我们去逛了一遍校园。学校现在还是一个大工地。操场处于平整期,住宿、食堂都在山顶,能够满足基本需求。孩子们很不容易,家长多在外务工,他们的淳朴、坚韧给上课的我留下了深刻的印象。16班的班长谢欣露来了,她带了两个同学给我安了桶装水,她的热情和干练感染了我。交流从心开始,希望我们彼此都能够感受到真诚的力量。

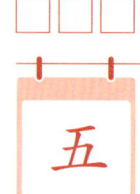

2020年11月10日 | 星期二 | 晴

来自办公室的思考

昨天下午了解到一件闹心的事：上个星期有个同学被班主任批评了，因为班主任要求家长来学校，学生想要轻生；虽然被其他老师发现拦了下来，但班主任心有余悸；据说班主任流产了，现在她的课和班主任工作还找不到人接。因为学生构成复杂，宿舍出入翻墙的，自制校园出入证的，时有发生；迟到的、早退的、抽烟的、教室吃早餐的、上课玩手机和睡觉的更是家常便饭。看样子，每所学校的教育都不容易，每个老师都有不为人知的艰辛。学校在大会上宣布，班主任以后请家长必须经年级、学校层面批准。我想，这种事务性管理，要求每个老师签到考勤管理也非长久之计。站在学校层面，这么处理也无可厚非，毕竟生命为大。但学校对老师的态度也很重要，为什么不可以给老师设一个年度委屈奖？学生有反映就一定是老师的错吗？以人为本的"人"就单指学生吗？惯常的思维是只要学生有反映，那这个老师可能就会被贴一个"问题"标签。有没有可能是劣币驱逐良币？有没有可能是教育责任无边界？分清责任不一定要处罚，但不分清责任是更大的处罚，在一定程度上会让人无所适从或者寒心。

2020年11月11日 | 星期三 | 晴

压力与动力

昨天下午终于和语文组的所有同仁见了面,背着一个专家的名号压力山大。首先是评两位老师的说课《记梁任公先生的一次演讲》。因为很多原因,两位老师准备得不是很充分。组内老师评说课很"散",点评都在细枝末节上了,甚至有些老师根本不了解说课。

一般说来,一堂好的说课要言之有序,言之有物;言之有情,言之有理;言之有新,言之可行。

说课要说教材的教学目标与内容的确定、选取和分析理论依据;要分析学习主体,研究学法;说出自己如何教会学生学;说出自己如何让学生理解学习内容;说出培养学生学习能力的具体方面和培养途径;说出如何激发和调动学生的学习兴趣;说出如何引导学生主动参与、积极思考、高效学习;要介绍选择"教"的方法与策略,不仅仅要说出所采用的学法和教法,还要说出选择和使用该方法的理由及如何做。教学过程能看到说课者独具特色的、艺术性的教学安排,通过对教学过程设计的简述,才能看到其教学安排是否合理、科学和艺术。它一定程度上反映着教师的教学理念、教学个性与风格,可以采用流程图表的形式(树状图、鱼骨图等都是很好的形式),给出本节课的教学程序设计,使之结构化、条理化。

对文本的解读是说课的第一步,也是最重要的一步。为什么作者要记梁任公而非其他人？为什么作者记的是他的一次演讲，而非课堂类的、报告类的？梁任公只有一次演讲吗？如果不是，记的这次演讲到底有哪些给作者留下了深刻印象？梁实秋和梁启超是什么关系？作者记得客观吗？诸如此类的问题，在我看到题目的时候问题就一股脑儿地冒了出来。

必须找到一个能够牵一发而动全身的主问题，否则不可能出线，全沿河只有前8名的老师才有资格参加决赛，报名的人特别多。他们教研组长可是发了话，有付专家在，他们一定能突破二中的历史。二中的语文赛课历史最高获奖名次是县级赛课一等奖，确保他们进入市级赛课并获得理想名次，既是考验他们，更是考验我。

通过梳理，我觉得教学重点可聚焦在"为什么梁任公先生的这次演讲给作者如此深刻的印象"，这个主问题最能关联学生提出的其他疑问，主问题如果得到很好的解答，其他疑问在教学过程中大多迎刃而解。其他问题有：启超先生的外貌、神态、动作描写有什么深意？《箜篌引》有何作用？文中说他很谦虚，又说他很自负，这是何意？"有学问，有文采，有热心肠"如何理解？特别是"热心肠"有何深意？为什么一会儿是"涕泗交流"，一会儿是"张口大笑"呢？梁启超先生晚年是不谈政治的，为什么这么说呢？写这个演讲有什么政治背景？为什么梁任公先生的这次演讲给作者留下如此深刻的印象？教学难点：可通过《公无渡河》解读作者对梁先生的印象（反语？记忆或者现实的落差？）。

演讲的逻辑顺序是不断递进的，分别是印象、讲稿、入场、开场、引诗、情状、影响、评价。设置语言的认知冲突，比如，抓住梁任公外貌描写和内在美的反差——外在的丑："短小精悍""秃头顶宽下巴""肥大的长袍"；内在美："风神潇洒""左顾右盼""光芒四射"。比如一哭一笑：讲到《桃花扇》"高皇帝，在九天，不管……"痛哭流涕；讲到杜甫诗"剑外忽传收蓟北……"涕泗交流之后张口大笑。比如内心的冷与热："梁任公先生晚年不谈政治，专心学术。"文中引用的几个素材都表现了梁任公先生对国运的关心和忧虑。总之，用反差语言有利于激发学生的学习兴趣，让学生在语言认知冲突背景中解决问题。

我们第一次教研会上经二中领导批准，主要确定了一个大原则：按照我的思路重构教研组和重建语文教研文化。这是对我的极大肯定和鞭策。我把一些备课资料传到了教研组群，同时加入了师带徒群，也选了几个骨干开始教学研究对接，实现资源互通、资源互享从我做起。

2020年11月12日 | 星期四 | 晴

水挂面真好吃

今天忙着附中的事情，坐下后屁股都没抬一下。为了减少没帮扶到位的愧疚，我给二中的老师分享了一些教学资源，不知怎么的，越忙越想吃东西。

记得出征前，西南大学张卫国校长给贵州沿河出征团的一行人上了特别的"开学第一课"。一方面他强调兵马未动要粮草先行，希望西大和附中相关处室要做好后勤保障工作。当然，西大基础教育管理处、西大国内合作处和西大附属中学领导都安排得很妥帖。另一方面，西大校长相信我们会不辱使命，在保障安全、保证身体健康的前提下，要求我们充分发挥自身所长，带好队伍，教好书，深耕沿河教育，为西大争光，为附中添彩，为贵州教育发力！毕竟我们是主动去帮助人家的，大家当然有长期吃苦耐劳的思想准备。大家远离亲人、家庭和朋友，需要克服很多困难，尤其长着怀念重庆的胃。沿河人喜欢吃酸，喜欢吃豆腐，口味多多少少与我有点儿不同。偶然在沿江街头看到了一家水挂面生意兴隆，张勇老师第二天一大早专门跑几里路去吃了一碗水挂面。他回来描述给我们听，我们都听得口水滴答的，都想抽时间去祭一下"五脏庙"，可惜时间紧，一直都还没成行，希望可以找个周末去体验一下那家韧劲十足的土家特色小吃水挂面，那个最接近重庆味道的地方。

2020年11月13日 | 星期五 | 晴

任务为王

这几天都必须腾出大量时间来处理西大附中几位领导临时交办的任务,我没有深入课堂,因此感觉有些空虚和失落。教科处兰主任是一个有热情和想法的班主任,他说同学们很期待我这个班主任去教室交流。我答应下周一一定去,交流是早上7:40正式开始,我该给同学们交流些什么呢?先酝酿一下吧!下午我约赛课的张露丹打磨了一下午课,从内容到形式每一个细节都进行了推敲,她的课已经有了很大改变。我要让二中的语文老师们感觉到温暖和力量。但愿下一次教研组会可以震撼和触动到大家!

《记梁任公先生的一次演讲》说课稿(原稿)

★教材分析

这是一篇文质兼美的文章。文章题为记一次演讲,好像是记事,其实是写人,通过写一次演讲的情景来表现梁任公的一些特点,并表达对先生的崇敬之情。

★教学目标

培养学生初步的审美能力和探究能力,引导学生理解梁启超先生的形象。

养成良好的思想道德素质和科学文化素质,在厘清文章思路的基础上,深入理解文章的思想感情和含义深刻的句子;结合时代背景,理解文中的一些话语。

进一步提高语文素养和语文能力,适当补充课外资料,如《箜篌引》和《桃花扇》原文,激发学生想象的情感,更好地了解人物讲演时的形象和性格。

★教学重难点

梁任公先生的这次演讲为什么给作者留下如此深刻的印象,通过对先生所讲的《箜篌引》《桃花扇》和杜甫诗的分析、理解,了解先生的担当精神与爱国情怀。

分析、体会作者怎样通过叙事来表现人物性情;对梁启超先生的外貌、神态、动作描写有何深意。

用反差激发学生的思维和兴趣,让学生在语言认知冲突背景中解决问题,学习记叙中加入作者自己的评论和感受的写法。

★教法与学法

散文教学应重视感悟和熏陶。在诵读的过程中去感悟,并初步把握文章词句、内容以及情感脉络,为进一步理解课文奠定良好的基础。因此,本课教学我会采用点拨法、讨论法、合作探究法。本文虽然语言风趣而又带情感地刻画出了梁任公的个性,但要让学生有深切体会,必须细细品读文章,抓住细节分析文章,了解梁实秋的高超写作技法。这节课,我基本选用"自主读书、合作学习、探究感悟"的教学方法,充分发挥学生作为阅读主体的作用,运用启发式教学法,通过提出一个主问题"为什么梁任公先生的这次演讲给作者留下了这么深刻的印象"以及与之相佐的其他次问题,借助多媒体等电教手段创设情境,激发学生主动感知。

学生在整体把握课文时,采用问题驱动法、默读法和圈点勾画法,之后采用问答法,由学生发言、总结;针对教学重难点,立足课文,讨论探究,激发学生的主动意识和进取精神。

★教学过程

(一)导入新课

我会先运用背景导入法,既可以让学生了解文章的背景,又让学生看到一个真实的梁启超。

激发学生学习的兴趣。以梁启超的《少年中国说》导入,也可请历史较好的学生介绍戊戌变法中的梁启超。

(二)细读全文,厘清思路

散文是形散而神不散。学生可以在阅读的过程中去感悟,并初步把握文章词句、内容以及情感脉络,为进一步理解课文奠定良好的基础。

围绕"为什么梁任公先生的这次演讲给作者留下如此深刻的印象?"引导学生了解梁启超的形象特点和演讲内容特点,通过学生细读课文、圈点勾画的方式,加深其对这次演讲的印象。

在形象特点方面,我会点出刻画人物形象的几种手法,启发学生从外貌描写、动作描写、细节描写等方面去分析、总结梁启超先生的形象特点,带领学生细读课文,着重赏析入场、开场、引诗、情状、影响、评价等几个比较重要的环节;启发学生发现作者在语言上的前后对比冲突:比如,抓住梁任公外貌描写的反差——外在的丑以及其内在的美;又或者神情的反差——讲到《桃花扇》时就会痛哭流涕,讲到杜诗"剑外忽传收蓟北……"时涕泗交流之中张口大笑。请学生思考以下问题。

①对启超先生的外貌、神态、动作描写有何深意?
②文中说他很谦虚,又说他很自负,这是什么意思呢?
③为什么一会儿是"涕泗交流"一会儿是"张口大笑"呢?

学生和老师通过文本细读来共同分析出梁先生的人物形象特点,最后由老师总结,就是这样独特鲜明的人物形象给作者留下了深刻印象。

在讲这一部分内容的时候,可以让学生情景扮演梁启超先生演讲时的样子,然后再给学生播放一些梁启超先生的录像。

在分析完人物的形象特点之后,我把教学过程的第二个环节设计为:引导学生通过文章中有关演讲内容的细节来揣摩人物的心理,体会梁先生的爱国情怀。

课文对梁任公先生精彩生动的描写有很多,如人物的肖像描写、独特的开场白、生动形象的动作描写等,这些都是学生会关注的、容易把握的。而大部分师生都会忽略文章中的一些细节里所隐含的梁先生的爱国情怀和赤子之心。

将课堂内容过渡到梁先生的演讲内容本身上以后,提出以下几个问题让学生思考:
①《箜篌引》有何作用?
②"有学问,有文采,有热心肠"怎么理解?特别是"有热心肠"有什么深意?
③"梁任公先生晚年不谈政治",这是什么意思呢?

由学生小组讨论作答,最后老师总结并给出相关资料:《箜篌引》一文表现出了梁先生炽热丰富的情感和博闻强识的功底;《桃花扇》《闻官军收河南河北》两则引文则集中体现了梁先生拳拳的爱国之心。在这里,要结合前面他的形象分析以及后文的一笔带过"梁任公先生晚年不谈政治,专心学术"得出第三处他对国运民生的态度对比,表面上不谈政治、专心学术,而实际上,文中引用的几个素材都表现了梁任公先生对国运的关心和忧虑。

(三)课堂小结

整堂课都以"对比"贯穿,用反差激发了学生的思维和兴趣,让学生在语言认知冲突背景中解决问题。

针对今天所讲的内容进行一个知识总结。本课学习使学生明白一件事情——写人如果能凸显人物个性,将给读者留下深刻印象;懂得一个道理——一个有着人格魅力的人,将对其他人产生深远的影响。

★板书设计

课题:记梁任公先生的一次演讲。

形象特点:身材短小精悍;气质风神潇洒;动作手舞足蹈;感情充沛自然。

演讲特点:内容旁征博引;学术功底扎实;关心国运民生。

将形象特点和演讲特点用大括号括起来:印象深刻。

《记梁任公先生的一次演讲》说课稿(打磨稿)

★教材分析

本课位于高中语文必修1的第三单元,这个单元学习写人叙事的散文。学习这个单元,要注意立足文本,感受作品中的人物形象,理解、欣赏作品的语言表达,把握作品的内涵意义,理解作者真实的创作意图。

本单元的学习可以帮助学生增长见闻,明辨是非,领悟时代精神和人生意义。

★学情分析

高一这个阶段,要求学生进行初高中知识的接轨并学会运用所学知识,初中散文要求学生掌握文章中心思想,而高中散文则引导学生从原有的知识经验中"生长"新的知识经验,这需要在先前的学习基础之上做搭建,揣摩作者创作意图或是领会时代精神,在心理上形成良性的价值培养。

★教学目标

语文学科核心素养明确了"语文教育培养什么样的人"的问题,所以本节课我会落实三个教学目标:

1.学会对课文标题层意设疑,把握主问题,逐个击破分问题,有逻辑地梳理文章内容,对文本进行分析。

2.理解作者运用语言矛盾(反差)的方式还原梁任公先生的人物形象与真情实感,感受并学习他的拳拳爱国之心。(重点)

3.明白梁实秋真正的写作意图,领会作者"曲笔"写作下的情感倾向和深刻内涵,简单知晓作品和作者之间的关系。(难点)

★教学重难点突破

重点问题:

梁任公先生这次演讲能给作者留下如此深刻的印象是因为什么?

我会用文本语言矛盾引导学生找到文章明显的反差之处,再通过对先生所讲的《箜篌引》《桃花扇》、杜甫诗的分析理解,来分析梁任公先生的形象特点与爱国情怀。

难点问题:

师出梁任公的梁实秋谈不谈政治?

分析并体会作者是怎样通过写作技巧来表现人物性情的,品鉴梁实秋借老师表达自己的观点,体会借他人之口明自己心中块垒的写作意图。

★教法与学法

教法:问题导向法+认知冲突法

通过激发学生兴趣,提出一个主问题,并以此解决与之相佐的其他次要问题,引发学生先独立思考再合作探究。课堂中我会有意识地引导学生找到文本中的语言矛盾,通过作者描写的几组反差,引导学生在解决语言矛盾的过程中,体会文章感情。

问题导向法:以解决问题为目标,采用将学习"锚定"于具体问题之中的一种情景化教学方法,这种方法的优点在于主要以学生为核心。

认知冲突法:如果新的问题与已有的认知结构发生冲突,学生就会积极调整已有的认知结构,使问题得到解决,从而激发学生主动学习。

学法:圈点勾画法+合作探究法

在教师的点拨下,学生从不同角度抓住课文中作者描写梁任公时的多处反差,通过字词细节把握文章内容以及情感脉络,读出各自的理解,再采用合作探究的方法,在此期间,教师也可以通过倾听学生讨论和发言,了解学生的思维状况与水平,更好地进行下一步课堂安排。

圈点勾画法:能让学生养成边阅读边勾画标记的习惯,学生能快速阅读、合理思考。

合作探究法:通过小组讨论来营造良好的学习氛围,有利于学生体验合作成功的乐趣,提高口头表达能力和自学能力。

★教学过程

(一)梦境诠释,激趣导入

和学生分享我在备课过程中做的一个梦,梦里面我看到一幅梁启超呐喊的照片,脑中突然蹦出了许多关于动物类的成语,如"生龙活虎""鹤立鸡群""汗牛充栋""飞蛾扑火"等词,提出希望学生通过阅读和思考梁实秋所写的《记梁任公先生的一次演讲》这篇文章,来帮助老师解梦。

设计意图:通过对梦的解析,吸引学生,激发学生的学习兴趣。

(二)解析标题,整体感知

以标题有概括内容的作用为切入点,让学生对课文标题的层意大胆地设疑。我会在导学单上设置示例,如通过标题我想知道——梁任公是谁?本文是记人还是记演讲?作者和梁任公是何关系?等等。让学生通过问题来知人论世和理清文章内容思路,找到本文最核心的问题——梁任公先生这次演讲给作者留下深刻印象是因为什么?

设计意图:单独让学生知作者、晓背景、理思路是可以实现的,但是很难让众多碎片凝聚起来,"形"过于散乱,学生对散文中的"神"便很难突破。

(三)点拨手法,合作探究

这部分学生要完成两个问题:一个是梁任公先生这次演讲给作者留下深刻印象是因为什么?另一个是为老师解梦,思考那些在我梦里出现的成语究竟有何含义。这两个问题我会在PPT和导学单上用半命题的方式呈现出来。然后引导学生发现文章中有多处语言矛盾的反差表达,并举例配音演员的长相和声音存在反差,说明反差的存在能使形象更鲜明,感受更强烈,根据这样的语言矛盾,找到问题答案。

学生细读课文、圈点勾画，找到文本中互相矛盾的表述，再合作探究、分析矛盾，深入了解其言外之意。在这个过程中，预设学生能找到梁任公的外在形象和内在品质、开场白的谦逊和自负，以及演讲时痛哭和大笑的三种矛盾之处，这里只须稍作总结。但是很少学生会找到梁任公晚年不谈政治和作演讲就是在谈政治这组反差，所以我会带领学生重点解读引文《箜篌引》，看它表现出了梁任公炽热丰富的情感和博闻强识的文学功底。结合他讲的《桃花扇》和《闻官军收河南河北》，得出他对国运民生的态度对比。他表面上不谈政治，沉心学术，而实际上，文中引用的几个素材都表现了梁任公先生对国运的关心和忧虑，由此让学生来体会人物的形象与人物的真情实感，完成合作探究的两个问题。

设计意图：反差就是带领学生们找对比，这是他们比较"拿手"的技巧，能给学生一定的参与感和自信感，最后再由老师带领深入解读引文，浅入深出，深刻体会情感，锻炼和发展学生的思维。

（四）拔高高度，迁移升华

趁热打铁，让学生思考：既然梁任公谈政治，那么师出他的梁实秋谈不谈政治？关不关心国运呢？

用创新形式，如对话框、图片展示网上对梁实秋的各类评价和他的个人经历，再让学生小组合作，找出课文中梁实秋先生对梁任公先生的评论，来判断出梁实秋是谈政治、关心国运的。这里会给学生展示文学理论中文学活动的四要素：世界、作者、文本、读者，这四者的关系是相互依存和渗透的。作者写老师实际上就是写自己，即时植入"曲笔"写作手法的概念，从而更直观地看到梁实秋真正的创作意图。

设计意图：通过文学活动四要素，学生便能知晓，所有的文本都是作者通过感知世界写出来给读者看的，他们都是为抒发己见而创作，为梁实秋只为艺术而艺术正名，希望学生对文学作品和作者之间的关系有一个方向性的把握。

（五）创设情景，课堂总结

对文章进行简单的小结，展示《公无渡河》，感受梁启超的知其不可为而为之的儒家担当精神，感受大师的人格魅力。

设计意图：通过朗读，加深对人物的情感体会，理解儒家的入世精神。

★课后作业

课后细读《杜十娘怒沉百宝箱》，找到杜十娘前后行为表现出的矛盾之处进行解读，写800字的鉴赏文字。

设计意图:迁移利用文章的自相矛盾之处鉴赏文章艺术空白,掌握语文高阶思维的方式方法。

★ **板书设计**

《记梁任公先生的一次演讲》

反差

形　象:平凡普通 ⟷ 潇洒自信

开场白:谦　逊 ⟷ 自　负

情　感:痛哭流涕 ⟷ 张口大笑

责任感:不谈政治 ⟷ 关心国运民生

设计意图:好的板书就是一个微型教案,本课的板书旨在突出重点,让学生更直观地把握文本内容和作者的思维脉络。

《记梁任公先生的一次演讲》教学设计

★ **教学目标**

1. 学会对课文标题层意设疑,把握主问题,逐个击破分问题,有逻辑地梳理文章内容,对文本进行分析。

2. 理解作者运用语言矛盾(反差)的方式表现梁任公先生的人物形象与人物的真情实感,感受并学习梁先生的拳拳爱国之心。(重点)

3. 明白梁实秋真正的写作意图,领会作者"曲笔"写作下的情感倾向和深刻内涵,简单知晓作品和作者之间的关系。(难点)

★ **教学重难点**

重点:梁任公先生这次演讲能给作者留下如此深刻的印象是因为什么?

难点:师出梁任公的梁实秋谈不谈政治?

课时:1课时

★ **教学过程**

一、新课导入

同学们,老师想和你们分享一件事情:前几天,我在琢磨《记梁任公先生的一次演讲》这篇文章后,印象深刻,晚上居然做了个梦,梦里面老师站在一个空旷的画廊里,看到偌大的一张梁启超先生照片,脑中突然蹦出了许多个关于动物类的成语和俗语,有"鹤立鸡群""生龙活虎""汗牛充栋""飞蛾扑火"和"明知山有虎,偏向虎山行"。不知什么原因,这些文字一直萦绕在我的脑海中。我希望这节课同学们能帮助老师解一下梦。下面让我们一起走进梁实秋的《记梁任公先生的一次演讲》。

二、整体感知

都说题目是文章的眼睛,"记梁任公先生的一次演讲"这个题目到底讲了几层意思呢? 现在请同学们用两分钟的时间,打开你们的脑洞,对题目的层意进行大胆的分析,并以小组的形式进行讨论,相互之间交换问题的答案。

1.梁任公大家熟悉吗? 他的常用名叫什么? 猜猜这里为什么要叫任公呢。

明确:是梁启超。那个写《少年中国说》的人。在这里为什么不直接写《记梁启超先生的一次演讲》而是梁任公呢? 因为他号任公,"任公"一词最早出现于谢灵运的文选中,而后成为"智之辩者"的代名词。一字寓褒贬,叫梁任公说明作者认为梁启超学术造诣高,对他很是崇敬。

2.《记梁任公先生的一次演讲》的重心到底是记人还是记演讲呢?

明确:提取句子主要成分,形成一个动宾短语——记演讲。记谁的呢? ——梁任公。联系全文来看,文章主要是通过记演讲这件事来写人,所以题目的重心是写人,通过这次演讲来刻画梁任公先生的人物形象。

3.作者梁实秋和他所写之人梁任公,两人都姓梁,他们是何关系? 为什么梁实秋要记录梁任公而非其他人的演讲呢?

明确:不是本家,梁实秋是梁启超的长子梁思成的大学同班同学,而梁启超与梁实秋二人是师生关系,梁启超是梁实秋的引领人。有一次同学们邀请梁启超来学校做学术演讲,梁启超欣然答应,他演讲的题目是"中国韵文里头所表现的情感",那次梁启超的演讲给梁实秋留下了深刻的印象,并且最终使梁实秋走上了文学这条道路。

4.对于老师,学生可记的东西很多,为什么不是他的课堂、他的逸闻趣事,而是演讲呢?

明确:演讲的特点是声情并茂,更能打动人;师生二者接触机会不是很多。

5.从理论上说,梁实秋应该听过梁任公先生很多次演讲了,为什么单单只记这一次而非其他呢?

明确:因为这一次演讲给他留下了极为深刻的印象,课文中的某个场景打动了作者。

(对题目的抽丝剥茧,不停追问,学生在不断地接近作者的写作意图。梁任公的这场演讲让梁实秋印象深刻是因为什么,这便是本课我们要重点探索的问题。)

三、合作探究

这篇文章也给老师留下了非常深刻的印象。老师在文本中寻找这个问题的答案时,找到了一个突破口,梁任公先生给人留下深刻印象,很大程度是因为他的演讲里存在着很多反差现象,也就是文本存在表述的矛盾,那么反差有何作用? 反差越大,便愈能使人物形象更鲜明,让人感受更强烈。现在就请同学们细读文本,尝试用圈点勾画或者批注的方式,来找一找本文中写梁任公演讲时一些相互矛盾的反差之处吧。找到之后进行小组讨论,回答以下两个问题。

1.根据文本矛盾表述,梁任公的这场演讲让梁实秋印象深刻是因为什么?

《桃花扇》是"借离合之情,写兴亡之感",是以男女主人公的爱情为主线,政治变化为暗线。南明小朝廷的灭亡,标志着明朝的彻底结束。结局处一道士对男女主人公说:"两个痴虫,你看国在哪里?家在哪里?君在哪里?父在哪里?偏是这点花月情根,割它不断吗?"于是两人双双殉道。联系一下当时的时代背景,国难当头,皮之不存,毛将焉附!于是梁任公先生悲从中来,竟痛哭流涕而不能自已。这表现了梁启超真挚的忧国忧民的爱国情感。

杜甫《闻官军收河南河北》:"剑外忽传收蓟北,初闻涕泪满衣裳。却看妻子愁何在,漫卷诗书喜欲狂。白日放歌须纵酒,青春作伴好还乡。即从巴峡穿巫峡,便下襄阳向洛阳。"

安史之乱后,杜甫听到唐军收复了河南等地,欣喜若狂。梁启超在讲到此诗时"涕泗交流之中张口大笑"表现了他对收复失地的渴望。

梁任公在这里演讲的主题是"中国韵文里头所表现的情感",按理他应该讲《诗经中》的"关关雎鸠,在河之洲",但为什么讲了《箜篌引》呢?《箜篌引》的大意是一白发狂夫披发提壶,欲渡滔滔江水,他的妻子紧追其后,想要拦阻他,但是他还是渡河了。于是伤心的妇人在岸边拿出箜篌,唱出这首悲凉的哀歌,更多的是引起听者心中的共鸣,"闻者莫不堕泪饮泣"。明明知道是送死,还要去渡河,为什么要这样义无反顾地奔赴死亡呢?

这种人,要么是疯子,要么就是为了某种理想而殉身不恤的人。启超先生,他是戊戌变法的领袖之一,为了国家与人民,他面对的是追捕、逃亡和淋漓的鲜血,正如鲁迅所说,真的猛士,敢于直面惨淡的人生,敢于正视淋漓的鲜血,他们既是哀痛者又是幸福者。也许我们只看到了一个疯狂到坠河而死的男子,而任公讲这首诗的时候回忆起的是那段峥嵘岁月,想到的是自己和像自己一样奋不顾身的革命者,这首诗的背后是他对国家炽热丰富的情感。

所以,他只是表面上的不谈政治、沉心学术,实际上在这里已经表现出了某种政治意识,后面《桃花扇》和杜甫诗的引用,一兴一亡的家国命运,引发他两种截然不同的情绪,更是一个政治家真情怀的袒露。他时刻关心国运民生,这也正是他的"热心肠"之处。

2.解梦:"鹤立鸡群""生龙活虎""汗牛充栋""飞蛾扑火"和"明知山有虎,偏向虎山行"。

举例:

"鹤立鸡群":因为他与众不同。

"生龙活虎":因为他幽默风趣、潇洒自信。

"汗牛充栋":因他博闻强识、潜心学术。

"飞蛾扑火"和"明知山有虎,偏向虎山行":因为他有拳拳爱国之心,为了国运民生,敢于抗争,有一种"蹈死不顾"的情怀。

四、迁移升华

既然梁任公是谈政治,关心国运民生的,那么,师出梁任公的梁实秋关不关心政治呢?(PPT展示对梁实秋的评论)一般认为,梁实秋主张文学为艺术而艺术,似乎丝毫不关心政治,以至于在抗战时期大家对他多有非议。请在课文中找出梁实秋对梁任公的评论来判断,批文入情,看看他是否真不关心政治。记住,要推翻对他的成见,一定要有依据哟! 讨论并归纳总结。

梁实秋的评论:梁任公是"有学问,有文采,有热心肠的学者",这里的热心肠是褒义,对应的就是梁任公关心国运民生,敢于为国抗争,甚至死亡的精神,可以看出,他对老师怀有崇敬之情,所以他也是关心政治的。

本文中最能表现梁任公热心肠之处是引用《箜篌引》一诗,文章中的依据同学们可以定位在——听完演讲二十多年后,渡河见黄沙弥漫,黄流滚滚,景象苍茫,不禁哀从中来,依然能顿时忆起先生讲的这首古诗。

结合梁实秋的个人经历、创作意图以及文学理论教程内容（PPT展示），可知文学活动本就是由"世界""作者""作品"和"读者"构成，作者通过感知世界写出作品给读者看，这四个要素在文学作品中相互依存、渗透和作用。

文如其人，梁实秋从清华大学毕业后，为寻求救国救民真理，到哈佛留学，受到人文主义的熏陶，但是这一思想观念并未在中国大地上落到实处，于是政治路途失意。他对梁启超的演讲记忆犹新，对这些体现演讲者鲜明政治情结的一些镜头津津乐道，由此可见，梁实秋本人的内心也是藏着政治情怀的。他的眼极冷，他的心极热。我们把这种写作方法称为"曲笔"，即由于某种特殊的环境原因，作者不便直接道出本意，于是用委婉的语言，使读者通过思索，来了解作者本来的意旨。梁实秋写老师其实是曲笔地在写真实的自己，他文字所展现的世界实际上是打上了自身烙印的世界，他是在为抒发己见而创作！

五、课堂总结

今天，我们学习了这篇文章，我们应该感谢梁实秋先生，他是20世纪华语散文天地的一代宗师。本文让我们仿佛看到了九十多年前如火如荼的岁月里，那个"有学问，有文采，有热心肠的学者"，使人读其文，如观其人、听其声，难以忘怀。

让我们齐读三遍《公无渡河》，感受梁启超的知其不可为而为之的儒家担当精神，感受大师的人格魅力。

公无渡河，公竟渡河！

渡河而死，其奈公何！

公无渡河，公竟渡河！

渡河而死，其奈公何！

公无渡河，公竟渡河！

渡河而死，其奈公何！

"知其不可为而为之"，奏响着儒家入世精神的最强音。这一价值理念，不是择善固执的口号标榜，亦非"死马当作活马医"的自我安慰，而是由经史人文传统而来的应世智慧与终极关怀，从认识论、价值论、生存论和修养论上构筑起了中国精神的思想基石。

六、课后作业

细读《杜十娘怒沉百宝箱》投江部分，找到杜十娘前后表现的矛盾之处进行解读，写800字的鉴赏文字。

七、板书设计

反差

形　象：平凡普通 ⟷ 潇洒自信

开场白：谦　逊 ⟷ 自　负

情　感：痛哭流涕 ⟷ 张口大笑

责任感：不谈政治 ⟷ 关心国运民生

2020年11月15日 | 星期日 | 晴

这里没有家长会

非毕业年级刚考完期中考试。这里没有家长会。没错,你没听错。这里是沿河二中,这里没有家长会。为什么呢?因为孩子的家长们都在外打工,开家长会的话三分之二的同学家长都到不了。家长们鼓励孩子不外乎那几句话:娃儿,我什么都不懂,帮不上你什么忙!好好读书,不要像我们,吃了文化的亏,工资低,活还重!只要努力了,就问心无愧。放心闯,爸爸妈妈保证你饿不着。我认为这就是最好的教育。这里的孩子从早上7点10分学到晚上11点,但他们没有怨言,而且学习情绪饱满。我相信勤能补拙,老师如果引导到位,也许真会发生奇迹。这里的教育理念和方法,对于偏能力倾向的考生而言,的确没有任何优势。但孩子们的阳光、执着却更接近教育的某些真谛。

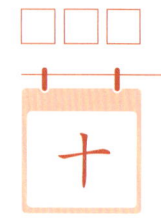

2020年11月16日 | 星期一 | 阴转晴

走马上任

一大早我就到了教室外，教室里写着大大的"生涯教育"几个字，可能是班主任以为我主要研究生涯教育，提前布置的一个背景吧。68双眼睛直勾勾地盯着我，我的心怦怦直跳，好久都没有这种紧张的感觉了。我快步走向讲台，开始了今天的班会课。我先以现身说法说了自己的高三经历，然后说到了班级团队建设对班级成绩的影响，最大相关系数可以达到0.2。我希望大家树立目标，发现自己的优势和特长，高三上学期以补短扬长为主，高三下学期以扬长补短为主；希望大家要有学科意识、知识归纳意识、整合知识意识、化简知识意识。我选择语文最难的文言文为例来阐释如何进行学科梳理、突破、整合、化简。兰老师原来打算给我照几张相之后就去巡视年级，或许是因为我讲的东西有些新颖，也或许是我讲的知识很有趣味，后来他居然放弃了他原来的打算，坐在教室后边听了一整堂班会课。我不知道我的班会课上得像不像班会课，也许孩子们的发亮的目光就是最好的回答。

终于满足了我做一次班主任的夙愿。前路漫漫，我会发挥自己喜欢研究和琢磨的长处，为他们的成长保驾护航，为学生加油打气，希望这个班就可以突破26个重本的目标，超过去年整个学校的重本数。相信只要方法得当，激励到位，把班级科任老师的积极性调动起来，把同学们的学习状态保持好，这不是没有希望的。因为之前班主任的渲染，我已然成为他们的希望。

潜移默化之功——向名师的班会课

★

三楼录播室,座无虚席,向颢为三个班的高三毕业生上了一堂别开生面的班会课——劳动最光荣。这让我想起了以前举全校之力打造的精彩的重庆开学第一课,那可是举全校之力呀。稍稍上得不好,很容易流于空洞。向颢上得很别致,他以北岛的诗歌开头:"那时我们有梦,关于文学,关于爱情,关于穿越世界的旅行。如今我们深夜饮酒,杯子碰到一起,都是梦破碎的声音。"之前他给我说上劳动课,我还一度怀疑我听错了。原来他想借此来教育孩子们不努力劳动,等到中年的时候真有可能梦碎。向老师这堂课最大的特点就是感性切入,理性分析,让大家重视创造性劳动,从而过上自己理想的生活。整堂课风趣幽默,学生互动非常好,听课的老师们都被感染了。上劳动课不假,思想政治的作用也真。我开玩笑地说,今天晚上的晚自习这几个班的老师都不用去守自习了,孩子们沉浸在今天的教育氛围中,一定会努力学习的。课后,他的女徒弟成了他的女粉丝,专门买了奶茶还温热了送过来,我都跟着沾了光。原来因为很多原因打不开局面的地理组居然以这样的方式接纳了向老师。看样子光是听课是很难让一线老师信服的,必须要亲自上课,真正的教育帮扶才会深入到位。至少原来领导层的设想,让我们直接去督促老师们上课,这个思路必须调整。我们先上课,只有我们征服了老师,才会有真正意义上的教育的改变。

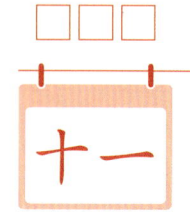

2020年11月17日 | 星期二 | 阴

给省级名师主持人当师傅是什么感觉

昨天和省级名师主持人兰显耀签了师徒结对协议。今天去听了他的一堂课，和他有了一些思想碰撞和交流。有西大附中的底蕴，我倒不担心不能在学识、见解方面让对方心服口服。当然，这也调动了我自我学习提高的热情。

兰老师是二中非常有实力且积极上进的语文教师，我还有点儿怕去听他的课会不会增加他的心理负担，毕竟，在这里很多工作开展还要依托于他。他居然主动邀请我去课堂"诊断"！这种天天向上的精神让我莫名感慨。

兰老师的课有一个特点——非常理性。他先让学生回顾做题要从知识、考点、题型、思路、模板等几方面建立起知识网格。今天他主要讲的是古代诗歌鉴赏。先是真题回顾、考纲要求呈现，然后是常见的鉴赏术语呈现，举例谈如何读懂诗歌，整堂课应该说准备非常充分，是一堂有含金量、有容量的复习课。

我建议他从意象入手，找到意象的自然属性和社会属性的相似之处作为读懂诗歌的钥匙，同时借助意象推导出诗歌的术语。然后就他课堂上发生的问题，比如在如何解读诗歌题目、如何判断诗歌句读、押韵重在韵腹还是韵尾、例子的典型性等方面交换了意见。我觉得我们的交流是建设性的、高效的，期待他在教研组活动上有更多的改变。

赛出来的听评课

下午是"二高"的例行教研活动，主要听了一节吴老师准备参加铜仁市的作文公开课和一节露丹老师的县级说课。

吴老师是我的学员，他讲的内容主要针对高三的学习，如何主动运用包装法，打造好作文的开头。委实说，整堂课效果没有预想的好，导入花了4分多钟，学生也调动得不太好。我主要说了两点：一是给同学的指令不清晰，比如，训练时间是几分钟，没说到位；二是课堂消极语言太多，比如说学生不要那么自私，勇气欠佳等。

之所以效果没出来，主要是只抓住了修辞，没有给学生说明具体使用场景，比如景物的特点是什么，创作用在什么地方，创作心情预设是什么等。因而打不开学生思维，老师也比较着急。如果撇开考试，整个教法确实匠气太浓，不是真正的写作，我希望把这种写作定义为创作，增强学生的写作成就动机。给两幅图分别取名为肖家沟的古树和"二高"晨俯图。汉语的语法焦点结构、重心在后，这样显得太实、太没有美感，我建议他取得有诗意一点，最好的办法是化实为虚，比如肖家沟之春、"二高"的黎明或者"二高"晨曦等。希望其他老师在听点评的时候也有点儿收获，毕竟这是缄默性的知识，需要这个过程才能传递到位。

针对露丹的说课，我主要以鼓励为主，一则之前我参与较多，较为了解，很多意见我都提了；二则她睡眠不好，我不想增加她的心理负担。因为多媒体故障，她的这个说课其实有很多人没听得很真切，动作、表情、抑扬顿挫这些下来都好调整，现在如何做到将她自己的教学风格和PPT内容完美融合，提前上一下说课的内容对于她来说才是最紧要的。

老教师不老

上次听了一个老教师的课。碍于初来乍到和年纪，我没有与她交流。今天她主动坐到我身边，我就"好为人师了"一回，利用中间空当，私下小声和她讨论一会儿。她主要讲的是虚词的用法。内容呈现偏少，方法相对单一，讲得也没有多少激情。课堂上老是感觉她依然扮演着知识垄断者的角色，然而学生听得异乎寻常地认真，笔记也做得非常好，看样子平时还是下了些功夫的。问了一个学生，什么叫固定结构，他说就是固定的结构，循环解释，我不知道他是否真懂了。我认为其实有很多地方可以改进，比如可否用造字法、黑箱法来让学生过过手，或者直接引导学生，有问提问，无问自学效果也应该不错。虚词的作用是由连接的实词间的关系决定的，所以分析实词的关系是掌握虚词用法的灵魂。虚词的关系总共八种，完全可以编一个口诀来记忆，比如"程弟因目病转休假"，一个谐音，就把承接、递进、因果、目的、并列、转折、修饰、假设记住了。如果能够直接印发给学生记、抽考，也许效果更好，或者利用词语的造字规则，推导出来虚词的各种意思和用法，岂不更妙？一些小细节，比如"通过"和"经由"意思该给学生怎样解释，"与"字做连词和介词的差别等也有改进的空间。复习除了知识的精熟外，引导学生进行高阶思维训练也很重要。

我最感动的是老教师仍然有学习的冲劲和动力，这一点，难能可贵，向她致敬！

2020年11月18日 | 星期三 | 晴

报告，这是我教育帮扶交出的第一张答卷

（以下是张露丹老师的原话，一字未改。）

感谢付老师这几天对我的耐心指导。说心里话，参加工作这两三年，总是懈怠了，刚从大学走出来的一身热情，不知道什么时候、什么原因悄悄散了许多。幸有这次比赛作契机，我稀里糊涂地参加，能与老师有了交流的机会，虽然时间不长、次数不多，但是能感受到老师的谦逊温和、博学多识、慷慨细心，每一次的讲话声音不大却掷地有声，与老师每次交流都使我受益匪浅，如沐春风即是如此。老师让我看到了一个优秀语文老师应具备的专业素质，学习到了"教师要给学生一杯水，自己要具备一桶水，而教师的这桶水是不断更新的"的真谛。上次在办公室您说希望这一次的备课让我学会一些备课方法，以后我会更认真地去思考和对待我的课堂，就如梁启超对梁实秋之影响，让我成长了许多！这一次的比赛对我本身就是一个挑战，希望能通过努力得到一个不错的结果，就算不能，也能去欣赏和观摩其他优秀老师的课堂，不管结果如何，过程已无憾。

人到中年，我仍然固执地相信天道酬勤！

今天的任务是拼盘

今天正常上班，主要忙着搜集资料和进行文献分析。本来说的要下雨，居然大晴天。听人说中午我睡觉的时候天空是洒过几滴雨的。路上没有痕迹,我喜欢上班出汗的感觉,更欢喜于老同学的帮助,老同学给我寄了一套成都知名中学的高三试卷。用惯了电邮、微信,久违的邮寄方式特别有感觉,就像独在异乡为异客,突然有人捎来了熟悉的家乡味一样。不知不觉,到这里快四周了。这是一种奇怪的体验,在想家与不想家之间,通过忘我的工作来排解一些思念。

很高兴,班上有个小女生,来问我征文写作的事情,她困扰于怎样才能写出新意,我困扰于高三她为什么还这样上心。在更大的中心城市,高三,只有一个目标,而且这个目标在所有人看来都天经地义。我突然找到了自己读书时的感觉,那时的我不知道什么叫应试,只知道学习可以改变自己的人生轨迹,只知道学习好坏是自己的事情,外在的喧嚣与我无关。

"你们不想上的我来上。"这不是说的我,这是向颢的风格。"你们不想上的我来上。"说得三分霸气,七分豪气。"洋流这一部分不好上,感觉使不上劲",那个跑"半马"的女老师如是说。于是,出现了向老师去10班上课的情形,上得热血沸腾,酣畅淋漓!可是,据说,10班昨天刚刚发现过一个患传染病的同学。

这里没有风景,这里没有光环,这里也没有豪言壮语!

2020年11月19日 | 星期四 | 雨

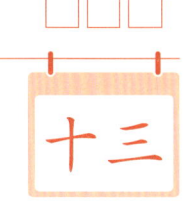

雕琢之美
——条件成就，每个人都可能是一道风景

今天露丹正式到班上《记梁任公的一次演讲》一课。应该说，整体的打磨准备已经告一段落。露丹积极地投入，开始产生了效果。还有几个小问题要和她反馈：一是板书题目"先"的书写笔顺；二是"任公"是智辩的意思，但智辩太书面化，教学时要么口语化，要么板书一下；三是类似的成语如"汗牛充栋"，最好简单阐释一下；四是学生读错的读音"堕"应该纠正一下。

课堂有两个环节稍微快了一点：一是细读文本三分钟不太够；二是为艺术而艺术的梁实秋怎么还关心政治，这里以文解人，对文本二度解读、阐释不太充分。

加上《公无渡河》投射的儒家担当精神，应该多说几句话，课的容量应该足够大了。

为了防止评委对引申作业提问，我还同露丹交流了《杜十娘怒沉百宝箱》里的艺术空白和矛盾。明代是一个笑贫不笑娼的年代。杜十娘很有钱，只是装着没钱。她虽出身风尘，但对爱情的理解和渴望更甚少女，她希望找到的是真爱。之所以选择李甲，有一方面是出于真情，另一方面是李甲性格懦弱无主见，她以为好控制把握自己的命运，结果这种人也容易被他人影响，所以孙富出五千银两李甲就把她卖了。在因为钱而卖掉她的李甲面前，她把价值连城的珠宝箱沉入江底。可见她对爱的失望，杜十娘那么有钱，完全没必要投江自尽，她可以重操旧业，也可以买田置地，富甲一方，可她没有这样做,这表明她对纯真爱情的渴望。从她的矛盾行为可以看到杜的悲剧是性格悲剧,而非社会悲剧。

"激情"课堂如行云流水,赛课一等奖就可能在前方。条件成就,每个人都可能是一道风景。

2020年11月20日 | 星期五 | 小雨

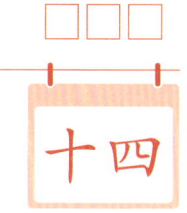

预感不妙

在与露丹的交谈中，我发现她始终缺少点儿自信，如果是上课，她其实已经很不错了，学生课堂反响也好。可惜细节方面还是改善不大，尤其是偏理论的说课不是她的强项。

十五

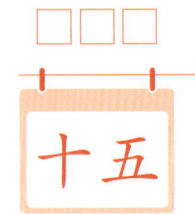

2020年11月22日 | 星期日 | 小雨

变化多端

"老师,比赛分数已经出来了,最后得到93.4分,没有能逆袭,很可惜,没有能够去下一轮。抽到号是五号,这个顺序有点儿吃亏了,赛课下来之后反应挺好的,好几个老师来主动和我讨论设计思路,可惜了,没有'get'到评委老师的点,也辜负了老师的期望。但是能够观摩很多优秀老师的设计思路和课堂,学到了许多,也是不虚此行。"露丹老师给我发信息说。

我没在现场。只能安慰露丹说努力就好,评委的判断能力也很重要。要说这堂课的最大问题,主要是设计太新、太深,没有按常规的三维目标来进行设计。但涉及了核心素养和关键能力,尤其是有利于发展学生的深度思维。这和沿河很多老师的日常教学认知有很大的差距(这里的很多老师上课离不开学案,基本全用机构的试题,不自己命题)。我推荐了一个全国中学语文的赛课活动给她:"你去参加这个说课比赛吧!虽然行政主管部门不一定认,但本身这个奖规格很高,而且都准备好了,也额外花不了多少时间,拿个奖对你以后职业发展还是很有用的。"

2020年11月23日 | 星期一 | 小雨

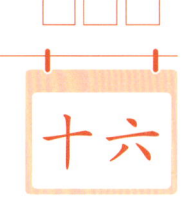

再次出发

　　吴毅老师的作文课修改稿终于拿出来了。吴老师是高三的语文备课组长，从某个角度上来说，代表了"二高"的最高水平。这一稿，整体设计有了很大改变，尤其是趣味性增加了不少。在仔细分析了他的PPT、教案和导学案之后，我觉得前面的直接呈现可以改为先找高考"满分"范文，让学生扮演阅卷老师打分。再引导学生分析一下好的作文用了哪些手法、手段，比如排比、对仗、引用等，然后和学生一起分析这些手法的典型特征、好处，最后来写作文；或者把用了手法的开头和没用的开头混在一起，增加难度，让学生充当高考阅卷老师，依据标准打分。总之，让学生作为读者、裁判者进行评价以调动学生的积极性，从理论上、实践上双管齐下是有效的。总之，公开课合作探究出来更好看一点。

　　整个课堂的逻辑架构围绕"凤头"进行。包括什么是"凤头"？为什么要打造"凤头"？如何打造"凤头"？打造"凤头"有什么注意事项。"凤头"就是精心雕琢得像凤凰头一样漂亮的文章开头。为什么要打造"凤头"？——是基于首因效应。首因效应由美国心理学家洛钦斯首先提出，也叫首次效应、优先效应或第一印象效应，指交往双方形成的第一次印象对今后交往关系的影响，也即"先入为主"带来的效果。首因效应可以让实际得分比应得的分更高。打造"凤头"虽有点像鸠摩智用小无相功催动少林七十二绝技，属于形而下的层面，但对于害怕写作、没有灵感的考生来说，这可以达到意想不到的效果。

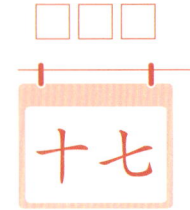

2020年11月24日 | 星期二 | 小雨

细节决定成败

  公开课对于图文的开放度一定要把握好，看起来很开放，但所有答案都在备课设想中是最理想的。考虑到时间，直接把立意点说出来了也可以，现场学生写的作品如果游离主题、偏离主题的，要在点评中说出来，尤其要防止学生出现知识性的错误，再有就是过渡语需要好好思考一下！

  最后我觉得需要在课堂上交代：所有的修辞手法都要抓住描写事物的特征，修辞从根本上都是为了更形象、更生动。学生描写得再精彩，如果没有抓住特征，都是不行的，不能以文达义。

2020年11月25日 | 星期三 | 阴雨

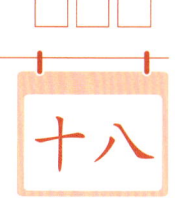

无怨无悔

　　生活不是选择而是热爱。聪明人有一个特点,就是善于把无价值的事做得有声有色,即使在玻璃鱼缸里游泳,也有乘风破浪的气魄。我感觉王朔说老舍像是在说我,当然不是说我聪明,而是说我善于寻找生命的意义。

十九

2020年11月26日 | 星期四 | 阴

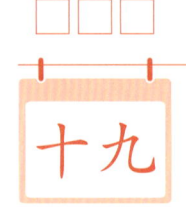

起航计划

  今天早上先听了几堂课,然后工作室召开了第一次成员会。这次会议主要探讨了如何备课、上课,如何提高老师的命题能力,增强中学语文教学的方向性。

  会议先总结了张露丹老师的赛课和吴毅老师的磨课。露丹在38个选手中排名第9,应该也算不错的成绩,但核心素养和关键能力强调不到位,团队的力量发挥不到位等问题也显露了出来。建议举全校之力组建赛课团队,这个团队中应该包含擅长文本解读的、擅长情感传递的、擅长理性分析的和课堂流程设计的,最好是信息技术人员、美术人员、音乐老师也参与进来,必要的时候引进外援,把每次赛课看成是学校教研活动的饕餮盛宴,借此锻炼队伍,积累资源。

  会议达成了几点共识。1.教师要有科研意识,每堂课都要充满设计感,要有理论支撑。2.用项目推动工作。通过省级精品课程"写作导论"微视频分解录制,来建立写作资源库,深入理解写作学原理,解决写作根本问题。微视频8~15分钟一个,录成MP4格式,PPT显示比例设置为16:9,标上工作室和附中的Logo。3.逐一听学员的课,初步了解学员的教学长短处,依据学员特性、偏好确定大致教学风格。4.开展用心读一本书活动,通过读框架、读逻辑建立整体思维观,学会系统思考,培养核心科研能力。5.有计划地培养、锻炼老师,学会筛选优质试题,学会命题研究方法与技巧。

2020 年 11 月 27 日 ｜ 星期五 ｜ 阴

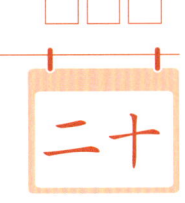

由《采薇》想到的

今天听了杜敏老师的《采薇》这一课，颇有感慨。一则是看到了学生的热情和努力，另一则是想到了几年前我上这篇课文时的情景。我的定位是这是历史有记载以来的第一首反战诗。杜老师的教学进程主要分为以下四个环节：一、分出诗歌的层次；二、以问引出学生讨论战士为什么想家；三、找出文章比兴并分析好处；四、齐读并分析最后一部分。她把前半段的课堂重点放在分析战士为什么想家、想家想到了什么程度，后半段她的重点放在了对比兴手法的解读上。看得出来，她事先还是精心准备过的，估计没想到我们会去听课，所以还是受到了我们的影响。本来她想先让学生默写一段再讲的，因为我们的到来她改成了直接讲。所以说，我们去听课打乱了她的教学计划。不过好像现在很多学校领导都很赞同推门听课这种做法。学生在讲战士想家时谈到了居无定所，不通音讯，讲到了王事靡盬、一月三捷，战士有诸多无奈。引导学生发现战争才开始时"不遑启居，狁之故"，有非常正当的出兵理由，而后来"一月三捷"，还"岂敢定居"，明显战争的性质已经发生改变，虽曰王事，事实上是穷兵黩武，战争的时间、规模完全超出了预期，那战士们反战的情绪自然就能看出来了。虽然反战，但作者仍然说是王事，《诗经》的乐而不淫、哀而不伤的整体特性自然流露。在分析比兴手法时，杜老师谈到了棠棣之花的艳丽，没有引导学生思考为什么选"棠棣"来比，有一点儿小小的遗憾。因为"棠棣"在诗经中有思念情人之意，这里主要表达士为知己者死,战士愿意舍身报国的意思。假如仔细分析,我们还会发现文本内有几种矛盾的声音,换句话说,里边有几个人的声音,文本可能被人加工过。整个比兴环节给学生留的时间太长,实际内容又显得较为单薄。杜老师说文章第二部分主要反映了战士朴素的爱国主义精神,还有些许怨恨、不满和心酸,整体的情感把握比较到位。最后一部分"昔我往矣,杨柳依依。今我来思,雨雪霏霏"是诗中的精华,这地方讲得还不够到位,后来她把这一部分设置为学生鉴赏作业环节,有效地避免了这一矛盾。如能在这里把战争对人性的摧残、消磨,对生命的解构说到位,从心理学、社会学、历史学、文化学、政治学等角度去发散、观照,让学生感佩并兴奋起来,相信会更好。

杜老师是西南大学毕业的学生,工作才四年,能够上出这样的常规课,并且学生的反响还不错,应该说,还是可圈可点的了。

希望和听课的老师们交流后,我能给他们带来一点儿启迪。

2020年11月30日 | 星期一 | 晴转阴

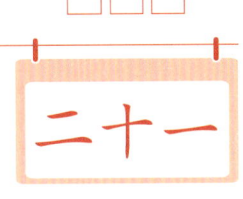

二十一

管理的悖论

阳光从门缝斜射进来，窗外已经晴朗一片。我喜欢这样的日子，挑战中有一些新鲜、活泼。

随着时间的推移，对学校的了解更进了一步。学校管理有个两难问题：教师发展起来了，留不住；不发展，生源、声誉又起不来。整个管理层活力不够，刺激不够；老师们吃大锅饭，教毕业年级和非毕业年级差距不大，教尖子班和平行班差距不大。老师们觉得待遇还可以，同事关系和谐，工作生活压力小。就过日子来说，我也觉得不错。我的主张和建议是学学20世纪80年代邓小平的思维，那个时候国家还不富裕，很多人对大规模公派留学持有异议，担心他们留完学不回来。事实证明，我们做法对了，即使当时有些人没回来，随着现在我们国家综合实力的增强，越来越多的人想要回来。整体而言，这样做是值得的。有机会培养教师，哪怕有几个要跳槽，毕竟是少数。关键是学校自己有了生血造血功能、正向激励功能，学校对社会的吸引力也就会越来越强。

当然，领导层也不是没想办法，但因为几乎没有自主财权，多多少少有点儿顺其自然的想法。领导们也想借助我们来推动一下工作。希望我们能建立三年的协作期，最好是每个学科派一个老师来，单独组建两个班，通过出口来彻底改变学生的入口。鉴于体制机制和帮扶的周期限制，这个想法很难实施。

不过我觉得他们在利用资源方面倒是可以做做文章，比如宣传要跟上。学校现在连网站都没有,又没有开展任何除学习以外的活动,基本上只有在高考成绩那最后一环和全县人民有个交流。现在都已经是经济全球化时代了,这个观念严重跟不上形势。学校到现在为止,感觉文化是一片荒漠,没有看见"一训三风",也没有什么班级文化、楼道文化、年级文化,这对于一个学校来说,这简直不可思议,但愿只是因为现在处在建设期,这些还没提上议事日程而已。

总之,给老师们描绘愿景,把能做的先做起来还是很有必要的。

2020年12月1日 | 星期二 | 阴

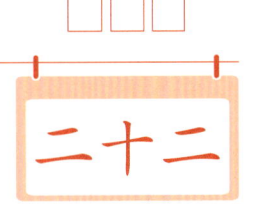

由一堂课想到的

昨天听了一堂高二的语文课，课堂反响很热烈，我没有评价。原因是我怕一不小心，就会伤到这位老师的自尊，毕竟她刚刚大病初愈。然而40分钟的课堂结束了，教《梦游天姥吟留别》，这位老师只教了15个字的读音和拼写。其他时候这位老师在干什么呢？她一直没有闲着，大抵是在引导学生说出"浪漫"二字，主要讲诗仙李白因为不愿融入黑暗的官场，便被赐金放还，和李白有一样的政治理想的还有杜甫、苏轼、辛弃疾、屈原等。且不说是否有知识性错误，单是脱离文本、天马行空的讲解就让人怀疑她是否接受过正规的师范培训，关键是这位老师看起来也有若干年教龄了。在正音环节，她让学生讨论；在分组朗读时，她按每组读的内容量大致相当来分工，不知道这样分工的教学依据何在。我终于理解为什么学校强调教学模式和学案了，它至少为教学提供了基本的质量保障。为此，我申请今天上一堂全校的公开课。当然，我从来没有标榜过我上课上得多好，我在西大附中只是一名普普通通的语文老师，我都不知道我的自信是从哪里来的，这样做只是想为后边的教学改革减少一点儿阻力。

2020年12月2日 星期三 阴

二十三

"236"高效课堂教学模式

今天听了沿江"二中"原汁原味的"236"模式课堂实演，我有了一个比较直观的认识。

所谓"2"，是指把课堂教学时间分为2个部分：学生活动不少于30分钟，教师点拨讲评不超过15分钟。

所谓"3"，是指教学分为3个阶段。第一个是"自主探究"阶段：学生按照"学习目标"的要求，在导学案的帮助下进行自主学习探究活动。教师提前一天下发导学案，学生根据导学案，自主阅读课本，解决导学案相应问题，初步完成基础性目标，为课堂的深入学习奠定基础。第二个是"合作交流"阶段：以小组为单位，针对导学案设计的活动和问题，有序开展组内、组间及师生之间的合作探讨、交流、展示活动。教师适时捕捉有效信息，适当介入以点拨学生。第三个是"有效训练"阶段：学生限时限量完成训练题组，教师通过教师抽检、小组长批阅、同桌互批、班级展示等方式了解学生答题情况，及时对错题进行讲评，帮助学生纠正，完成学习目标。

所谓"6"，是指课堂教学按6个环节分步进行。包括：(1)设置情境、导入新课。(2)明确目标、自主学习。(3)合作探究、完成任务。(4)交流展示、点拨提升。(5)达标检测、教师评议。(6)反思小结、巩固练习。

"236"模式的可操作性、可复制性较好，弊端就是对教师的个性化发展有一定的影响,教师备课容易流于浅表化。

今天的课由张小红老师执教,教的是杜甫的《登岳阳楼》,张老师先由三大名楼引出岳阳楼,将教学目标设定为:了解诗人的思想情感,感受沉郁顿挫、博大深远的意境。预习检测活动主要是了解有关杜甫的文学常识,其间学生反响十分热烈,可惜这节课内容没讲完。学生鉴赏诗歌套路化、程式化痕迹重,从某种程度上说,学生其实是没真正读懂这首诗的。课堂中最精华的部分其实是让学生赏析"吴楚东南坼,乾坤日夜浮",结果学生思路有些跑偏。前边的引子介绍三大名楼的过渡有些不太自然。

如果是我,我会把范仲淹的千古名句"先天下之忧而忧,后天下之乐而乐"与课文联系起来,岳阳楼上刻了不同时代的、不同版本的《岳阳楼记》,从某种角度来说,登临岳阳楼是每个儒家士子的心愿和抱负,是儒家入世和以天下为己任的担当精神的象征。杜甫这首诗有点类似自我叙说,过去听说过洞庭湖岳阳楼,现在终于有机会登上岳阳楼了,只是这个时候自己已经不再年轻。在岳阳楼上,目力所及,茫茫一片,是不可能看到"吴楚东南坼"的,但"坼"字的张力和现场感很强,仿佛自然之伟力作用,"乾坤日夜浮"也应是登临时合理的想象,岳阳楼只有几层,一般没人会在那里待一整天,因为不用一个小时就可以把楼看完了。杜甫此时不年轻了,且多病缠身,所以说他登楼有一万个理由发牢骚。但在登临之际,他看到宏阔之境,心中想到的仍然是"戎马关山北",是国家大事,这和后来岳阳楼被视为儒家兼济天下思想的象征一样,可谓是范仲淹思想的一个前奏。也正是像杜甫一样的诗人们在这里留下了这么多光辉的诗篇,才让岳阳楼照亮了杜甫之后的未来。从写作发生学和写作心理来看,八百里洞庭烟波浩渺,站在岳阳楼上可穷千里目,自然会引发千古之忧思。诗圣就是诗圣,他在"亲朋无一字,老病有孤舟"的情况下,仍然没有想到自我,或者说诗中外在与内心,大的境界与小我,形成了一种对比、转折,结合律诗的起承转合,我们能够很好地体会杜甫抑扬顿挫的诗风。我们还可以结合其他登临诗去进行拓展比较,使学生更好地把握杜甫诗歌的特点、登临诗的特点。

通常情况下,我们可以通过诗人所处的时代,诗人的个人经历,诗人的身体、心理状况以及诗歌文体本身的发展、运动轨迹等来推测诗人的风格。我曾把古代较为有名的诗人的风格通过这种方式用简短的话推导给学生看,这样学生就会去关注诗歌的背景,并且形成通过诗歌注释去分析把握作者文中内容的意识。

在课后交流中,我顺便介绍了对比、衬托、烘托这三种手法的差别,"对比"没有先入为主,"衬托"的话作者一定已经先有结论。高子衬高子,是正衬;矮子衬高子,是反衬;多衬一,是烘托。

我后边以自己上的一节观摩课为例,谈了我的课堂观。我觉得评价一堂课,主要是看学生有没有高阶思维,通俗点说,就是看学生能力有没有提高,会不会知识迁移、灵活运用知识,或者说思维处于"solo评价"的哪个层次,高还是低。例如,学生在回答问题时,能联系多个孤立要点,并能将其整合成一个连贯一致的整体,能进行抽象概括,从理论的高度分析问题,而且能够深化问题,使问题本身的意义得到拓展。

张老师的积极反馈让我深感责任重大。我相信,发挥自身研究的长处是可以在一定程度上帮助教师提高教学质量的,要不然为什么评价一个老师是否优秀常会看他的课题、论文,为什么那么多学校的科研人员走上了管理岗位。思路决定出路,我坚信,只要度把握得好,它将是提高教学效益的第一推动力。

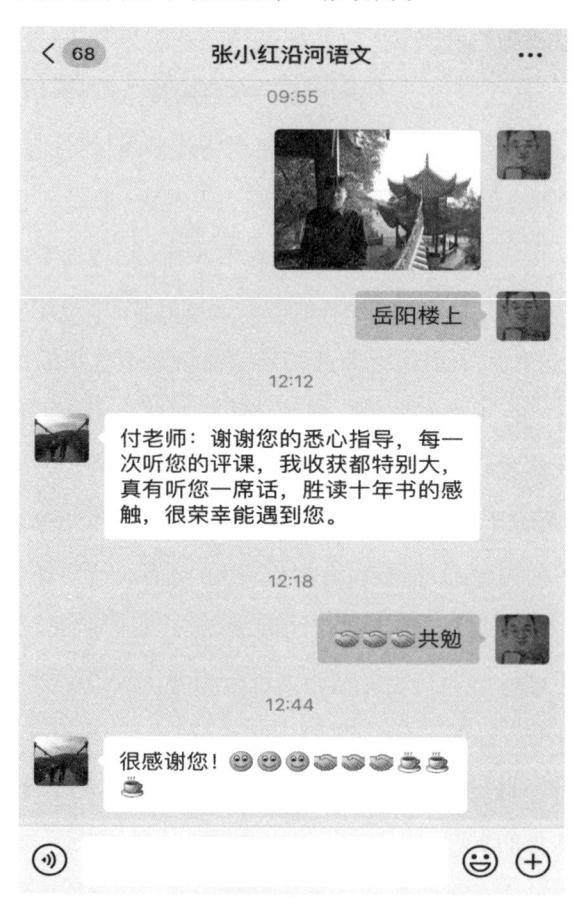

2020年12月3日 | 星期四 | 阴

成长的惰性

理论不是万能的,但没有理论一定走不远。

课型研究有助于教师更好地掌握各种类型课的教学目的、教学结构、教学方法等方面的规律,提高自身的教学设计、实施和评价能力。

特定的课型有特定的教学过程、结构。很难相信,一个教了二三十年书的一线老师居然分不清课型。比如分不清新授课和复习课的差别,一轮复习和二轮复习的差别等。通常一线中学老师以教学任务作为课的分类基点,比如:新授课、练习课、复习课、讲评课、实验课等,这些都是单一课。一轮复习强调基础性和全面性,要求全面复习基础知识、熟悉题型,等于将中学三年的知识快速重新温习一遍。二轮复习强调专题性和针对性,要求明确重点、难点。对每一个知识结构及其知识点中的重点进行深刻理解,突破难点,把握知识结构内部之间的联系,让知识形成网络。三轮复习针对二轮复习的薄弱之处,查漏补缺,弥补短板。当然,如果时间不允许,三轮复习可以和二轮复习合并进行。

2020年12月4日 星期五 阴

二十五

第二十二条"军规"

学校2007年开始设计施工,13年过去了,学校操场还没修好,宿舍外边还是工地,办公楼四周还到处是建筑垃圾,连校门都还没修好,更别说校园文化、楼道文化、教室文化,估计到我们支教结束也是修不好的。

2020年12月7日 | 星期一 | 雨

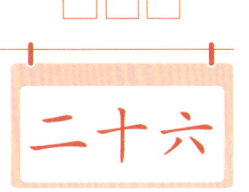

"没有远方"的管理

学校每周一上午召开行政例会，因为党政一肩挑，和附中的党政联席会有一些不同。会议的最主要任务是通报上周值周情况以及改进措施落实情况，这个月因为纪委入驻，还有对纪委发现的问题的反馈和改进。从历次包括年级的反馈来看，学校不太注重文化建设，也不太注重宏观顶层设计，事务性的管理居多。学校上下几乎都认为原因是教育领导体制，属于外源性因素。

今天我要与学校全体教师交流的是教研文化，希望尽量让大家在感兴趣的时候开始思索教研文化的重要性，也让他们感受到教研的力量，如果后边条件允许，我想给他们讲讲如何建设校园文化。即便戴着镣铐跳舞，校园文化也不能是一片荒漠。不能因为环境没打造好就放弃建设学校理念文化、视觉文化等，精神文化、制度文化需要借助物质文化来传播。因为这些是潜隐课程，对学生的心理、行为能起到意想不到的作用。

2020 年 12 月 8 日 | 星期二 | 阴

二十七

《涉江采芙蓉》

　　昨天的讲座还意犹未尽,可见确实有些效果。今天校园里不管到哪里都有人主动与我打招呼,听课时老师发自肺腑地欢迎我,这种良好的人际氛围为我后边开展工作创造了良好的条件。事实上,我承担了"超级"教研组组长的职责,一方面要为学校学科教研做好引领,另一方面,针对老师的现状和问题,必须要提供一些解决方案。

　　今天主要听了一位年轻老师的随堂课,讲的《涉江采芙蓉》,有意思的是附中刚好也在讲这一课,而且还是同课异构。亚妮老师是凯里学院毕业的新老师,有亲和力,有灵气,有干劲,PPT做得精美。她先和学生一起回顾了诗歌鉴赏的基本方法,引导学生读诗。在订正了"遗"的读音后,她介绍了有关《古诗十九首》的文学常识,提到了其被刘勰称为"五言之冠冕",被钟嵘赞颂为"天衣无缝,一字千金"。这刚好有助于激发学生的兴趣和发掘诗歌的意蕴。

　　作为《古诗十九首》之一,该诗之所以能得如此高的评价,首先,是因为诗歌由集体创作变为了文人个体创作,虽然作者名字不可考,但其抒发的个人情感情绪色彩比较浓;其次,该诗描绘了人生最基本、最普遍的男女思念之情,很容易触动游子的情思;再次,该诗语言朴素自然,不事雕琢,描写生动真切,情感发自肺腑,有大巧不工之感;最后,该诗描写得非常有意思,有"梦中梦"的奇巧。乍一看,该诗像女性的作品。亚妮老师用补充作品主人公的办法比较好地达成了课堂目标。通过填空,学生很快发现了诗歌的抒情主人公在变化,有点类似杜甫的《月夜》,明明是自己思念妻子,却说妻子思念自己。那个时代,女子接受教育的程度似乎不足以支撑其写出《古诗十九首》这样的作品来,因此这首诗很可能是男子模拟妻子的口吻而写,这样一来相当于诗人在模拟妻子时,又从妻子的角度来写丈夫的感受,故而看似无技巧,实则有大技巧。

诗的婉曲还不止于此。东汉末年,民不聊生,游宦士子能否如意很难说,但没功成名就,回家又似乎不太有脸面,因而望而难归。如此一来,涉江的只能是女子了,"芙蓉"谐音双关"夫容"。在风和日丽,荷花盛开的季节,江南女子纷纷摘几枝红艳可爱的荷花,送给各自的心上人,此时,一位怅立船头的女子苦苦思念丈夫却不能相见。"采之欲遗谁?所思在远道!"长长的呼叹,即使千年,仍然如此缠绵动人。这种离愁别恨多么像下层文人漂泊蹉跎、仕宦无门的彷徨失意。

值得一提的是,《涉江采芙蓉》刚好是八句诗,学生很容易把它看成是律诗。事实上,这是古体诗,所以教师有必要让学生明白律诗和古体诗的区别。一方面,律诗中间两联要求对偶,另一方面,律诗要求的音韵当时尚未成熟,故而古体诗不讲平仄,或者难于用平仄衡量。

2020年12月9日 | 星期三 | 阴

二十八

乡村少年的成长忧思录

很难想象，身在沿河，居然不知道黎芝峡，居然不知道沿河水位提高是因为下游彭水修了电站。我以前固执地认为，城市里的孩子远离了生活，远离了农村，但现在农村的孩子似乎也在远离农村，而且远离得比我想象的严重。

有的孩子到现在为止，走得最远的地方，就是县城，如果不是到县城读书，可能要等到打工才会走出大山。

孩子们每周学6天半，早上6点起床，晚上12点熄灯就寝，早读、早课的时候不打瞌睡，听课认真做笔记，实属不易。如果不是心中有强烈的改变现状的愿望，谁能够长年累月地坚持下去！

这些都是贵州大山里孩子们的现状。一方面，他们和城里的孩子一样，没有太多的时间去接触自然，接触社会生活，因为上学读书已经占据了大部分时间。另一方面，因为师资、见识等整体不如城里的孩子，他们常常只有花更多的时间，以此为代价来和城里的孩子竞争。我真担心这样下去会导致全民孱弱，每一所学校，每一个地方都笼罩在高考的剧场效应之下。

然而生活要继续，教育也要继续。多年前有人写了一篇文章，大意是：城里人啊，我奋斗了三十年，才能和你一起喝杯咖啡。当然这个说法有点儿夸张，对这里的孩子们而言，眼界、视野、艺术熏陶这些是远方的事情，他们迫切需要解决的是能否升入大学的问题。我有时候在想,如果让这些孩子到大城市接受高中教育,大城市的孩子到这里来接受高中教育,或者把两边的师资对调,城市里的孩子是否还有优势,或者优越感?如果没有,那这是命运决定的吗?想到这儿,我从来没有像现在这样理解教育扶贫的意义。

当农村孩子努力地学习,还在为能否升学担忧时,城里的孩子也许已经在想要到哪个国家留学了,在教学过程中,我发现农村孩子的学习能力、理解能力并非我们想象的那么差。难道就因为他们出生在农村,出生在偏远的地方,他们就只能读更差的学校?从某种程度上说,这些孩子们是社会分化时,承担基础的主力军,他们为国家的快速发展是作出了牺牲和贡献的。我们应该给他们更多的关怀,他们也是咱们国家的希望所在呀!

2020年12月10日 | 星期四 | 阴

二十九

由办公楼前的建筑垃圾想到的

到学校不觉已有一个半月了，办公楼天井的建筑垃圾终于有人拾掇了。我能理解学校经费紧张，很多事情做起来很困难，但我觉得先把建筑垃圾清理一下应该是花不了多少钱的。实在不济，可以让学生们搞一次大扫除，至少看起来舒服点，再搭配些花草，或者用假草铺一下，这样看起来会好很多。

能够做到熟视无睹，也许是因为人长期在舒适圈，已经形成了惰性思维。由此，我想到了教学改进。说起来谁都知道该改，但实际行动起来很多老师可能不那么积极。比如同事向老师所在的地理组就是这样。以至于向老师帮一个老师上课，那个老师居然去做其他事，而不听他讲课。向老师可是重庆市政府授予荣誉称号的地理名师，用他自己的话说，快变成专门的代课老师了。听向老师的课是很难得的学习机会，尤其是向老师还愿意为其他老师备课提供无条件的帮助。

幸好语文组的老师们还算积极，大家愿意听，愿意改变，希望他们可以先带动一部分老师，让"二中"的语文教学更上一层楼！

2020年12月11日 | 星期五 | 阴

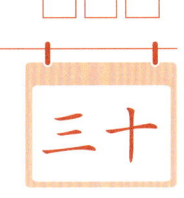

父亲，对不起

老婆在电话那边无奈焦急地带着哭腔说："爸生病了，很严重，发烧、呕吐，站都站不稳了！我还在上班，又忙得很，抽不出时间陪他看病！爸的医保没在重庆，带的钱也不够，我又没有那么多现金。"

……

"我去收费室打了招呼，先记到我名下，这边我叫导医台的老师帮一下忙。"

父亲患有运动性癫痫。为了供我读书，父亲起早贪黑地工作，结果打瞌睡从拖拉机上摔下来，差点没抢救过来，当时医院医生已经通知我们转院或者放弃治疗。那种绝望我还是事后知道的。最严重的时候父亲疼得两个星期没法睡觉，整栋住院大楼都能听到他的呻吟。那时我刚念大学，家里人怕我分心过了一阵子才告诉我这事。说来好人有好报，一个到医院看望住院朋友的好心人听到父亲的呻吟，（当时母亲很无助，家里已经没钱了，亲友们听说治不好了，也纷纷说没钱借给我们）给我们推荐了一个治疗方法，试用该方法后，当天晚上父亲就能够入睡了，连续治疗了一个星期后，父亲居然可以出院了。但后来他还是经常突然发病，有时甚至昏倒在地，不省人事。

父亲其实很苦，原来在福建打工，炼铜得了职业病，当时由于是给私人老板打工，健康没有任何保障，一直全身奇痒，患上了皮肤病，几十年也不见好，经常是不用热水烫身就睡不着。

这次因为发热，又要做核酸检测和CT，缺乏一些自理能力的父亲受苦了。可我远在贵州支教，确实没法赶回尽孝。人家向老师在父亲做手术时虽然没回去，但家里毕竟有多人照顾。人到中年，对于"责任"二字有了更独特的感触。女儿在外地读书，老婆一人确实有些吃不消。我唯有表示理解、精神支持。

老婆的工作性质决定了她一般只要上班，就忙得脱不开身。我夸奖她："老婆辛苦啦！你是国民好媳妇！"事实上，这段时间，连续几个晚上老婆都没睡好，一有动静马上就去父亲床头看一下。

昨天下午看病回家，从云景华庭下车到缙佳苑，不足两百米，父亲艰难地走了两个多小时。晚上，我与父亲微信视频了一会儿，他看起来很憔悴，像个小孩儿般无助，我的眼泪都快掉下来了。

对不起，父亲，儿子让您受苦了！

希望父亲可以早日痊愈。

2020年12月14日 | 星期一 | 阴

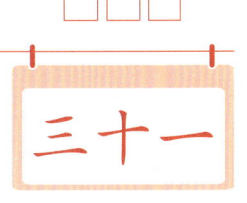

三十一

班主任是个有含金量的工作

没当班主任以前，我以为班主任就是个承上启下的事务性岗位。经历了一些事情之后，才知道班主任工作里边有大学问。

比如，班干部如何定位？是服务助手还是独立的管理者？是老师的耳目还是学生的贴心人？是"官"还是"民"？如果是独立的管理者，班干部就可以按照自己的设想来管理班级，如果是服务助手，那就意味着班干部是班主任命令的执行者。如果是老师的耳目，班干部可能会在老师和同学之间，两面讨好。如果是学生的贴心人，班主任又会担心自己的教育思想、理念无法得到贯彻。

对于学生的手机该如何管理呢？是不相信学生，一律禁用，还是合理引导，让手机成为查阅资料，乃至刷题的工具？不相信学生对手机有足够的自控能力，直接的原因就是手机诱惑力大。那么，如果没有手机，学生还会不会打游戏、看小说？答案是否定的。只要课堂没有足够的吸引力，或者学生本身不想学，恐怕就算没有手机，学生也还是不会认真学习的。真正要解决的是学生的内力驱动问题。

说到恋爱管理，不少班主任将其视为洪水猛兽。试问在情窦初开的年龄，没有任何值得回忆的地方正常吗？作为成年人，你在那个年龄有过这种想法没有？如果是人之常情，那我们能够做的，就是告诉为学生这个阶段男女之间应该有的相处之道，告诉他们什么是底线，告诉他们怎么保护自己，避免受到伤害，告诉他们应该为美好的未来共同奋斗。

  我觉得,班主任一定要根据班情制订目标,然后根据目标来制订班规,根据班级实时动态,及时地调整班会内容,解决问题,为学生鼓励打气。在某种程度上,班会的任务类似于部队政治指导员的任务。

  与科任教师的协调,对学生和老师间关系的协调也是班主任重要的工作,与科任教师的协调主要是时间分配和"踩线生"跟踪,对学生和老师间关系的协调主要是要让学生亲其师、信其道,避免学生凭自己的喜好影响老师的专业判断和整体计划。所有的协调都是为了形成合力。

2020年12月15日 | 星期二 | 阴

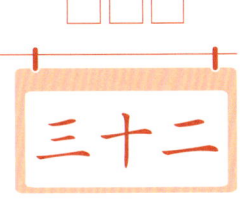

三十二

从写作到创作

今天给高三3班、4班和16班的同学上了两节大课，主题内容是短期内如何提高作文的分数。我从一个专业写作者的角度上课，让学生明白想得清楚才能干得漂亮。希望学生根据自己的性格，形成写作的风格，寻找模仿对象，变写作为创作，利用因果法、类比法审题，增强文章语言的活力和新鲜感，展示丰富的词汇量和文化含量，体现文化素养，关注现实，植入理论，升级训练材料，让作文"有灵魂、有经历、有故事"。

我希望学生有"悟"性，"悟"者，需要灵性，心之官则思。希望学生改变"迷"的状态，解放五官感觉，多多观察生活，明白人情世故。在写作时，学生要选自己熟悉的、感动过自己的内容来附丽情感，有意识地寻找再现母题；要设计题目，向名著学习；要注意文章的跌宕起伏，学会视觉化思维，要用立象与物活营造语言的画面感；要利用复调、人称等小说技法，用典例征服读者；要注意叙述情节，而非讲一个简单的故事；要注意文章的节奏，注意"话语时间"和"故事时间"的区别；要注意打造语言的亮点；要注意点线面结合，进行阅读写作一体化思考。我用自身的创作实践和大量的例子来阐述我的写作观点，让学生耳目一新，充满力量感。时间过得很快，学生们意犹未尽，同行的支教老师开玩笑说："恭喜你又收获了一大波粉丝！"

相信在应试写作之外，还有一条可以抵达高分作文的捷径！

2020年12月16日 | 星期三 | 阴

三十三

来自元旦的婚柬

今天又收到了来自二中的一位准备元旦结婚的老师的喜帖。我想起之前同行的老师笑着说,这十块钱的礼盒分量重啊。是啊,这说明我们在他们心目中已经真真正正、完完全全成了二中人了。我们也有我们的难处,几个月才有稍长的假期回家呀!随礼事小,元旦假期泡汤就麻烦了。不管怎样,这是一个标志性的事件,标志着我们已经在二中扎下根来。现在二中的语文课在向着"付氏"语文的方向行进,我用自己的努力赢得了大家的认可,老师们正在悄悄地发生改变,观念在改变,方法技能在改变。看似平静的潭水开始有了波澜,这是我迄今为止的职业生涯中从未有过的体验。

2020年12月17日 | 星期四 | 阴

三十四

盘点

  微笑是晨起最美的礼物。所到之处大家都很友好，频频点头问她，一个略显腼腆的学生甚至专门跑到我面前来，叫了声"付老师好"。虽然我不认识他，但从校服来看，他应该是高一的学生，能准确叫出我的名字，一定是我教过的学生。这是一种非常奇妙的体验。

  盘点了一下一个半月以来做的事，突然有了点小小的成就感。常驻高三年级，听课、评课累计39节，平均一周给高三学生上示范课2节，为高三年级命题、改题4套。还给高一、高二的老师上了文言文教学的示范观摩课，给高三16班上了"如何提高学习效率""如何进行生涯规划"的主题班会课，给全校老师作了"校本教研如何开展"的讲座，与全校语文组作了"如何听评课""从写作到创作——作文课如何整体设计教学""中学语文如何渗透生涯教育"等讲座交流。每周二还有雷打不动的教研组、备课组教研活动，针对性地提出合理化建议，以及科学合理地诊断高三年级的教学问题，并对试题和学生的考试结果作出分析评价。我在给"二中"老师带来力量感的同时，自身也有了前所未有的力量感。

  接下来还有课题指导，更多的是结对帮扶、项目式培训学习。事实上，只要想干事，一定可以找到自己的位置。

  其实，近两个月来，附中支教团队克服了家庭、饮食等诸多不便，以及业余生活贫乏等实际困难，尤其是向老师和我还面临父亲生病住院都无人照顾的困难，但我们依然坚持在支教第一线，身体力行地展现了附中老师的担当和情怀！

2020年12月18日 | 星期五 | 阴转晴

三十五

会考时分

今天毕业会考，校园里安静得只有鸡叫的声音。昨天兰主任告诉我，这两天会考，学生放假，可以不来上班。可是，如果不上班，在沿河我还真不知道上哪里玩。寝室太局促、太狭窄。上班总归可以静下来做点事，这时候我可真是发自内心地渴望上班！

通常说来，对于学生而言，考试是一种很奇怪的体验，既盼望又害怕。盼望的是考试通常意味着放假，害怕的是考得不理想，玩都没啥心情。会考不一样，所以他们轻松了许多，从他们脸上的表情就可以看出来。不参加会考的年级已经放假了，今天上班，有种特别轻松的感觉。

是该好好梳理一下支教的瓶颈问题了。因为没有固定的班级和学生，虽然上了些课，但心里还是很不踏实，因为没有一个能深入了解的学生，总感觉隔了一层。我终于理解"二中"领导为什么不放弃上课了。没有一线的实际体验和把握，很容易想当然，尤其是对学生情况的整体把握，对教育教学行为的效果反馈会停留在所谓的数据上。毕竟这是中学，是要靠分数说话的地方。除了面授，我还应该跟踪一个班的学生的生活情况。是的，就这么愉快地决定了，我告诫自己，沉下去，到底！

2020年12月19日 | 星期六 | 阴

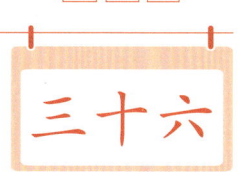

这里的教育是生态的

前两天,我支教前任教的二班、六班的学生又找我聊天,他们非常想念我,其实我也想他们了。我们课堂上的亲密无间让我想到了很多。大多数老师都非常不喜欢中途接班,因为可能有的学生思维已经固化,有的老师教育观念过于功利而看不到学生的未来。

由此,我想到了今年5月广州小学老师体罚哮喘学生致学生吐血抢救的事件,该事件后来出现了反转,血衣是该学生母亲伪造的。该学生母亲先后在班级微信群、朋友圈及微信签名处发布诅咒、辱骂、威胁老师的言论及图片。然后通过社交平台持续编造其女儿被老师体罚及被老师索要照顾费等虚假信息,甚至发布微博称其女儿被班主任体罚而吐血,并上传伪造的带血的衣服、鞋子等的照片。这个事件虽然已经过去了,但其对教育的伤害,尤其是对那个老师的伤害则是永久的。我不知道那个老师会留下怎样的阴影,但我能够想象在这个事件没反转之前那个老师是何其的煎熬!

尽管二中的教育有或多或少的改进空间,但我觉得整体而言,这里的教育是生态的。学生可以"功利"地读书,但老师不可以"功利"地教书,教育是需要情怀的。二中学生的家长大多数常年在外打工,对一个家长会都可能开不起来的高中,你要说学生"功利",说学生不辨好坏真伪,这是不对的。只要是老师教的,学生们都在认真学、认真记,只是他们学得相对死板了一点儿。这里的孩子的天性得以保留,还有足够的学习兴趣和学习动力,尽管学得苦了点,但基本上没有人有心理问题,何况高考确实是"天堂"扔给这些孩子的一根向上爬的绳子。

按目前的高考录取设计,基本上录取名额都是分到省的。但剧场效应和马太效应会使教育发生变异,不守规矩的和占得先机的,往往就是所谓的好学校。这些学校,有时其实是牺牲了很多学生的身体健康和心理健康的。

有时候我常常冒出古怪的想法,我们这么做教育帮扶,实质上是在把强烈的竞争机制引入教育,从大的机制、体制来看,这是否需要再论证?当然我也有迷茫,毕竟这些孩子也有追求起点公平的权利。如果是在我们附中,绝大多数孩子也是可以升上重点大学的。大城市的孩子凭什么就有先天的优越感?当然大城市的孩子自己未必知道或者能够体察到自己的优越感。

中国的国情太复杂了,兴许有的东西不是就教育谈教育能解决的,但我坚信,教育不是农业,是不适宜大规模集团化生产的。教育的均衡化势在必行!解决了均衡化问题才可能真正解决教育生态问题,才可以避免教育评价的一元化,才能使教育兼顾学生的发展和国家的长远发展。

2020年12月21日 | 星期一 | 晴

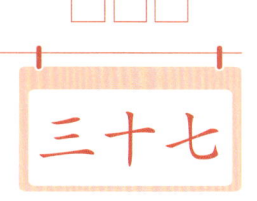

别开生面的班会课

今天我给高三3班的学生上了一节别开生面的班会课。在课堂上我先让学生回顾自己是否有时豪情万丈，有时莫名其妙地情绪低落，让学生关注自己的情绪周期、体力周期和智力周期，让学生利用好生物钟周期，学生兴趣盎然。

接下来，我讲了三个观点。一是要知道"朝三暮四"和"暮四朝三"有差别，要根据自己的生物钟来决定学习的内容和时间；二是要逐步从补短扬长转变到扬长补短，如果两年都补不起来，后边也很困难；三是要明白重复的力量，我让8名学生重复前边学生叙述的内容，诸如名字、兴趣爱好、毕业学校等，越到后边的学生复述越困难，这可以让学生明白重复的重要性，明白好记性不如烂笔头，明白记笔记其实就是在训练归纳概括能力。

然后，我通过心理学小故事让学生明白积极的学习心理对学习能力和学习成绩的提高有巨大的帮助，通过罗森塔尔效应、贴标签效应告诉学生心理暗示的作用和如何进行积极的心理暗示，让学生有意识地调动自身情绪、内部动机去学习。同时，我也告诫学生，学习的时候不要太情绪化，能够把自己不喜欢的学科学好那才是真本事，高三总知识量一定，总时间一定，学会规划自己才能超越自己。

最后，我让学生提问，什么知识最难学，然后用具体事例告诉学生如何化简知识，如何活化知识,如何建立知识的网格和体系。

　　一节课时间很快,下课了,有学生追出来问问题,希望这个势头可以帮助他们顺利度过高三紧张的生活,提高学习效率。

2020年12月22日 | 星期二 | 晴

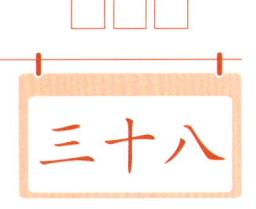

三十八

谈谈语文老师与写作

写作是语言的延伸，更是思想的承载。语文老师首先是语言老师，语文老师的职业生涯绕不开写作。

高考语文要求考查考生语言的识记、理解、分析综合、鉴赏评价、表达应用和探究六种能力，表现为六个层级。写作属于表达应用能力，对应语文的高阶能力。一个人识记、理解和分析综合能力强，不一定写作能力强。写作必须建立在识记、理解和分析综合的基础上，从某种角度上说，写作能力检测是检验语文老师能力的最高指标之一。你能否正确使用词语（包括熟语）；能否辨析并修改病句；能否选用、仿用、变换句式，扩展语句，压缩语段；能否使用常见的修辞手法；语言表达是否简明、连贯、得体、准确、鲜明、生动；标点符号使用是否正确；等等，统统可以通过写作一览无余。

再进一步，你的语文基本素养、语言组织能力如何？你的思想是否正确、你的逻辑思维能力怎样？你是否能在一个事件中看到事物的本质，能否辩证地从多个角度看待同一件事？这些都可以从写作中得以窥见。通过写作，我们可以看出一个人的文字功底、语言组织能力、思维逻辑能力，甚至他的思想深度。

难怪古代科举考试主要考查诗赋与政论，这就相当于单纯以写作水平来检测综合能力，来衡量考生能否担当大任。诗赋大家都懂，考诗赋时考生要写诗、赋、文各一篇。政论有点类似于现在公务员考试的申论，主要以解决社会实际问题为目的，考查考生治理政事的能力。虽然千年来人才标准发生了巨大变化,但写作仍是综合素养的衡量和评价标准之一!

写作能反映出一个人的人品、学养和听说读写的能力。通过一个人的文章,我们也往往能看出这个人阅读的量、阅读的面、阅读的品位,看出他的立场、观点和思考问题的方式方法。由文字进入人的心灵世界,可能是最为直接的方式。

对语文老师而言,写作不仅仅是工作的直接内容,更会影响到工作的质量。一个语文老师不会写作,就像数学老师不会解应用题一样。肖川教授认为能够写好文章的人,也一定能上好课。当然,用纯粹功利的分数来评价也许效果并不突出,毕竟现在作文的评分标准和方式还不够科学,但这不能说明作文不重要。写作水平一般的老师,班上不一定没有善于写作的学生。但不可否定的是,写作水平差的语文老师任教的班级很难培养出大批善于写作的学生。

语文老师经常写作,尤其是写范文,会对学生产生非常积极的示范影响;有了丰富的写作经验,也才能准确及时地判断学生作文的优劣,敏锐地发现学生作文的闪光点,对学生的激励和引导才可能收到事半功倍的效果。

稍有常识的人不难明白,语文老师具有写作经验,在细读文本和指导学生写作时,一定会占得先机。如果没有写作体验和经验,那就会"人人心中有,个个笔下无"。解读作品表面看是"眼力"的高下,实际上是"腕力"的强弱。眼高不一定手高,但手高往往能带来眼高。"腕力"就是写作能力,一个人缺少写作经验,写作素养欠缺,大多时候只能看出文章写了什么,对文本的隐藏结构、作者对文字的驱遣运用的认识会流于肤浅。换句话说,"眼中之竹"到"胸有成竹"再到"手中之竹"还有很大距离,不会写作的语文老师看作品往往犹如"雾里看花",形象不清不楚。从这个角度说,作家是天然的语文老师。

综上所述,语文老师要常进行写作实践,才能使自己的语文教学更加心中有数,游刃有余。

2020 年 12 月 23 日 | 星期三 | 阴

校内赛评课

  今天全天学校分文理科组赛课，我担任文科组赛课的评委和点评嘉宾。上午听了四节，下午听了两节。教师赛课呈现两极分化态势，有的示范课还不如观摩课有质量，有的课拿到省级比赛却能评上一等奖，有的课即使作为常规课也有不合格之嫌。比如有一节政治课，大多数时间都是学生在放视频，内容是地球生物演化史和近现代社会发展史，目的是想证明世界是发展的，我感觉学生早就知道这个结论，只是找个印证材料，课堂上学生获得的信息量很少，也没有认知冲突，哲学的智慧一点儿也体现不出来。有一节地理课，主要讲的是区域地理，利用电影院的座位案例很好地让学生动态体认了区域地理的区域条件、资源，结果上课老师没讲解到位。"空心李"是很好的区域地理资源，老师讲的时候对学生的引导又差了点，学生做练习题时，老师对学生审题的训练总感觉差了那么一点儿。还有一节英语课的设计很精巧，可惜的是主要教学目标没有达成，后边第四、第五环节，一个好教师的标准和不同时期好教师的标准的梳理本来很出彩，却匆匆结束了。当然我这里主要说的是缺憾，并不是说课堂就没有亮点、优点，比如他们都非常重视学生的主体性作用，都非常注重学生"当堂过手"。当天最享受的课是语文课，讲的是《记梁任公先生的一次演讲》，尤其是第二部分，非常成功，学生的思维得到了很好的训练。这堂课的节奏安排还可以改进，前边讲解如何利用、分析题目的速度慢了点。鉴于多方面的原因，整个评课观点相对比较温和。

我对一堂课的评价主要基于对师生的课堂观察,观察指标如下:

授课人			班级			时间	年　月　日
科目			课型			课题	

观察对象	观察项目	观察标准	观察对象	观察项目	观察标准
学生的学（60分）	兴趣习惯（10分）	兴趣态度:兴趣浓厚,态度认真,准备充分（课前预习、学具准备等）。	教师的教（40分）	目标内容（5分）	目标设定:目标明确、要求具体,符合课标、教材和学生实际,便于操作和测量。
		习惯养成:习惯良好（会倾听/会阅读/会记笔记/会操作/会思考/会提问/会表达……）。			内容安排:教学容量适中,教材整合科学,材料补充恰当,延伸拓展适度。
	主体作用（30分）	参与广度:不同层次的学生都能主动参与学习的全过程。		教学设计（10分）	结构和任务:课堂结构合理,层次清楚,循序渐进;任务适度,举例贴切,符合目标要求和学生实际。
		参与深度:积极思考,专注投入,自主完成主要学习任务;体验由浅入深,操作由易到难,理解由表及里。			手段和技术:手段、技术为内容服务,直观灵活,使用恰当,有针对性。
		思维广度:思维活跃,想象丰富;能发现和提出有意义的问题,并通过合适的探究途径有效地解决问题。		主导作用（15分）	情境创设:既能调动学习兴趣,又能启发思考,激活思维。
					过程组织:既关注知识技能的掌握,又关注思维障碍的发现和疏导。
		思维深度:敢于批判,善于质疑;思维深刻,对问题有独到的见解;观点鲜明,表达明确。			思维点拨:既重视学习思路方法的点拨,又注重学习策略方法的指导和引领。
		反思改进:能反思学习的效果和问题,注意总结、改进学习策略和方法。			监控评价:既有纸笔测试和反馈纠正,又有适时贴切的鼓励性师评、自评和互评。
	学习效果（20分）	目标达成:能清晰地表现出对目标中"应知、应会"内容的理解和掌握。		基本素质（10分）	教态和操作:举止得体,语言精准,板书规整合理,示范操作熟练规范。
		过程表现:学习过程中任务明确,思路清晰;认真实践,主动交流,善于合作,勇于表达。			
		进步表现:不同层次的学生的学科能力都有所进步（听/说/读/写/算/跑跳/唱/操作/论证/……）。			知识和机智:学科知识准确,重点鲜明突出,难点突破巧妙,总结精要到位;机智有效地处理生成性问题。

观察项目	兴趣习惯	主体作用	学习效果	目标内容	教学设计	主导作用	基本素质	合计	评课人签名
得　　分									

在我看来，一堂好课对学生而言，要有效果、有效率、有效益；对老师而言，要有温度、有梯度、有高度。有效果，是指每一步训练一定要有目标意识和目标达成意识。有效率，是指学生能快速地掌握训练内容，能够灵活运用知识。有效益，是指所有的训练都要着眼于学生的长远发展和社会的长远利益。有温度，是指老师心中要有学生、有学情，学生不是什么知识的容器，课堂上应该有情感的交流，有温情在流动。有梯度，是指要让学生思维得以发展，不同学生都有所收获。有高度，是指老师能够高屋建瓴，让学生看到远方，让自身得以提升，每上一节课，就可以解决一些问题。

事实上，观别人的课，更多的时候是反思，这种反思有利于老师提高理论素养，也有利于改善教学效果。

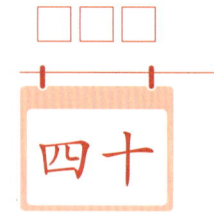

2020年12月24日 | 星期四 | 阴

四十

写作的原理

今天给学员开了两个小时的会，主要交流了我心目中的写作学原理和写作训练的基本架构，从五大系统、四个阶段来阐释写作教学如何开展。我们准备录制系列的写作微视频，在效果没出来之前，暂时还是不展开谈。让理想和情怀照亮我们的职业发展之路吧。

2020年12月25日 | 星期五 | 阴

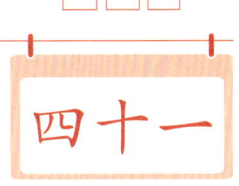

由首因效应和冷热水效应想到的

人与人第一次交往中给人留下的印象,在对方的头脑中形成并占据着主导地位,这种效应即为首因效应。首因效应启示我们一定要重视第一次,良好的开端等于成功了一半。比如师生的初次见面,新学期第一节课,学生对作业内容的初次感知和尝试等。首因效应对于教者在学生中树立威信,潜移默化地影响学生具有重要的作用。运用首因效应,教师不仅要有认真负责的精神、强烈的责任感和创新能力,而且还要善于对第一印象进行管理和保持,使它持续不衰,让它积极的一面逐步形成"定式"作用。从这个角度来说,我们都不希望中途接班,要让学生接纳新的科任老师和班主任要花费大量的时间,尤其是学生已经建立起某种思维定式以后。

冷热水效应指的是同样的一杯冷水、一杯热水,当先将手放在冷水中,再放到温水中,会感到温水热;当先将手放在热水中,再放到温水中,会感到温水凉。同一杯温水,出现了两种不同的感觉,这就是冷热水效应。冷热水效应启示我们,当你想给学生留下好的印象时,不能直接端给他一盆"热水",不妨先端给他一盆"冷水",再端给他一盆"温水",这样的话,你就会获得学生的一个良好评价。这种现象的出现,是因为人人心里都有一杆秤,只不过是秤砣并不一致,也不固定。随着心理的变化,秤砣也在变化。当秤砣变小时,它所称出的物体质量就大,当秤砣变大时,它所称出的物体质量就小。

两种效应看起来是矛盾的。如果是新老师，在不确定自己能否让学生信服自己的情况下，我觉得一定先考虑首因效应，如果是接收一个需要整顿的班级，不妨学学冷热水效应，可先树立起权威，让学生慢慢感受你的好。

2020年12月28日 | 星期一 | 阴

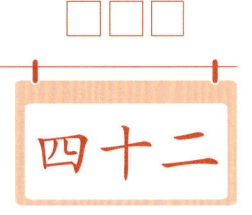

四十二

没有人事权和财权的学校如何办学？

沿河的教育教学质量提升，面临诸多需要解决的问题和困难，比如教师的入口把关，教师的再教育、再培训，学校的生源问题，学校的声誉问题，学校的管理问题……累积起来，最大的问题还是人事权和财权的问题。当然，从局部来看，从一所学校来看，这是问题，从更大的县域统筹而言，也不是一点儿道理都没有，只是这个度的把握和平衡，对于学校而言，兴许是无解的。当然，也不是学校就无所作为，目前的教育教学成效必须建立在职业化校级领导、均衡化师资配置基础上。

四十三

2020年12月29日 | 星期二 | 阴

应试素质之争在这里是奢侈品

记得一位很要好的同人发表过这样一通感慨：应试最大的特点就是训练，然而素养可以训练吗？情感可以训练吗？人文思想可以训练吗？优秀品质可以训练吗？而这些几乎是教育的灵魂。教育如果失去了这些灵性的、温暖的、文化的滋润，很可能会形销骨立，猝然跌倒。教育应该培养学生拥有浩渺宽广的眼界，远大的文化理想和对人类的终极关怀。并让教师从中发现自己，认识自己，丰富自己，体验到育人的快乐。

我承认并且认同以上教育理想，但客观地说，这里的老师很难承担起素养培养的责任，这里的学生他们更需要的是提高分数，升上理想的大学。我承认以前我是非常理想的人、纯粹的人，中国教育的地域差异化实在太大了，如果这里每天老师们都谈教育理想，恐怕教育要以另一种方式沉沦。

2020 年 12 月 30 日 | 星期三 | 阴

四十四

保安，你好！

　　每一次叫学校保安开门时，他们总是微笑着，像欢迎家人归来，上班的感觉真好！这一次，又麻烦保安了。想让他们打听一下哪里有没喂饲料的土猪肉，那个保安大妈很热心，多次主动帮我联系。我是一个相对感性的人，对他人的尊重发自肺腑。原因很简单，因为他们单纯、质朴，交往的时候只要真情就可以换得真心。良好的人际关系是情感的加油站和治疗现代化病的良药。

四十五

2020年12月31日 | 星期四 | 阴

2020实"鼠"不易，希望2021"牛"转乾坤

朋友圈里有这样一句话：2020实"鼠"不易，希望2021"牛"转乾坤。我觉得很应景。盘点2020年，连马云这些大佬都栽了跟头，我们这些小人物也过得不容易。

兴许庚子年就是多灾多难吧。传统周易认为60年大轮回期间阴阳平衡会被短暂地打破，在打破期间容易发生一些不稳定不和谐的情况。

每一种苦难都是一个进阶的磨刀石，相信我们一定能在危机中找到新的机遇，相信你我亦如是。

2021年1月4日 | 星期一 | 阴

四十六

人生没有白走的路

一个朋友告诉我,他们学校不支持语文老师出版诗集,甚至觉得有些不务正业,他很苦恼。我告诉他,人生没有白走的路,写作能力是语文能力的最高检测标准之一。

北京大学教授卢晓东表示,大学生写作能力差的一个原因在于中小学阶段的写作教育没跟上,在整个中小学阶段的语文课程设置上,我们对语法、字词的正确性方面要求非常高,比如字声要发音很准,写字的笔画不能出错,成语的解释只能有一个固定的标准。但是对写作的要求却并不高。

为什么学校不重视呢?因为套路化的高考作文与写作能力的关系的确不大。这让我想起了网上的一则消息:一位重点中学的语文老师,多年带高三,学生考得好。可是,当谈起《师说》这篇课文,这位老师竟然读不通,关键处的文意都理解错了。

写作能力应该是语文老师的基本素养。语文教师要用自己对写作的热爱,带动学生对写作的感情。为了提高自己、惠及学生,我们的语文老师应该和学生一起坚持写作。

我没法告诉那位老师该如何说服他们的学校,我能做的只有如何引导语文老师养成写作的习惯。比如学校带头,创造能激发教育写作兴趣的良好环境;比如搭建平台,办一份内部文学刊物;比如聘请有写作经验的专家,开展知名作家进校园活动,进行面对面的写作引领;比如评价促进,学校建立科学的、促进教师主动进行教育写作的评价机制。如果教师在正规期刊发表了文章,收到了稿费单,可以揣着单子向学校申请同样金额的奖励。学校大兴学习之风,引导教师多读书,不如以"输出"检验教师的"输入",试想,不多读书能写出好的作品吗?

　　身教胜于言教。我安慰我的那个朋友,真的,人生没有白走的路,早晚你会发光。

✎ 2021年1月5日 | 星期二 | 阴

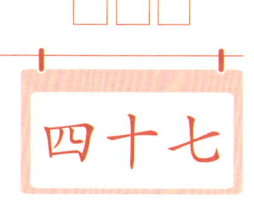

四十七

"语文是什么"的问题不是务虚的问题

今天与教研组的同人交流了一个看似无关紧要的话题——语文学科的性质和任务。之所以要交流这个问题,是因为这里存在两个极端,一是这决定了语文课上什么,如何上,以及如何确定语文课的边界问题;另一个是这里的语文其实还在刀耕火种,重要的是提高学生的分数,让他们有机会和大城市的同龄人争取入学门槛。

交流了一个半小时,主要从语文和国文的内涵差、别阐释了语文的四个层次,语文首先是语言、文字和文章,其次是言语和文学,再次是语变和文化,最后是语人和文人(语和文名作动用)。我的分解并不是按学理而分的,主要是方便老师操作和理解。比如如果按学理分,语变和语人都是言语内容。作这些区分主要考虑了工具性、人文性集中一点,当然也有方便老师们对语文学科素养的理解。

我先让大家思考语文在大陆与台湾叫法为什么不一致,谁更科学以引起大家兴趣。然后排比说出当思想改变思想时,那就是哲学;当事实改变思想时,那就是科学;当语言改变思想时,那就是语文。然后以"被欣赏的和被淘汰的"例子让大家去思考一个语文老师的责任和担当。江老师的女儿26岁了,还没有找到男朋友,江老师的一个同事热心地充当起了红娘,把江老师当年的一个得意门生介绍给了江老师的女儿。江老师让小伙子到家里来吃顿饭,小伙子便在红娘的陪同下来到了江老师家。

饭吃得并不十分开心，原因是江老师没看上这个有意做自己未来女婿的人。小伙子走后，江老师对红娘说："他读中学的时候，我是多么欣赏他啊！他学习成绩棒，又特别听话，调皮捣蛋的事儿准没有他。现在，人家也挺成功，这么年轻就当上了单位的中层干部。可是，要让他做我的女婿，那就不够格了。你看他的背，明显地驼了，像个小老头儿；你看他的近视眼镜，足有800度吧，以后会影响生活质量的；你再看他说话时细声细气的样子，哪像个小伙子啊；最让我看不上的是他那么古板，一点儿幽默感都没有，我女儿要是跟这样的人生活一辈子，她上哪儿去找快乐呀！"不知道我们评价学生的标准和选择女婿的标准为什么会存在这么大的差异。我们培养学生的时候，轻易就可以忽略掉他的健康、品行、性格、情趣，我们对孩子行走坐卧的不良姿势视而不见，对孩子日渐加厚的近视镜片司空见惯，把孩子的沉默寡言看成是稳重，把孩子的无趣说成是乖巧。我们把教育的目标制订得那么宏大，一心要为国家培养出栋梁之材。我们顾不上关照孩子们迥异的个性，我们眼里标准版的"好孩子"，就是不惜以失去一切为代价去换取高分的人。但是，当我们苦心调教出来的"好孩子"欲要走进我们的生活，成为我们家庭的一员的时候，我们却坚决地将他挡在了门外。似乎直到这个时候，我们才恍然明了健康、品行、性格、情趣对一个人有多么重要。可叹的是，我们今天向这个人所讨要的一切，在他最适合获得的时期被我们不由分说地剥夺掉了。我们的教育，是不是在考虑为国家培养栋梁之材的同时，也考虑一下如何为更多的普通家庭培养出无疾患、有趣味、善谈吐、气质佳孩子呢？

做一个有文化的中国人，做一个有文化的职业人，学生幸福比优秀更重要，让学生做一个学习者[learner即：listen(听)，examine(浏览)，ask(问)，read(读)，note(记笔记)，ease away(放松)，review(复习)]，学会言语，说(speaking)言语。

S：环境及场合时间、地点。

P：言语交际参与者，角色、地位。

E：交际目标与效果。

A信息内容和言语形式。

K：信息传递的方式和风格。

N：交际工具口头书面、方言。

N:言语交流的行为规范。

G:言语体裁。

交流深入愉快,之后一个快退休的老师单独把我叫住,谈了一点儿观感,大有相见恨晚之意。客观地说,他们的思想受到了很大的震撼和冲击。

四十八

2021年1月6日 | 星期三 | 阴

调查进行时

为了评价生涯管理素养指标，我设计了一个测评的量表。核心素养是党的教育方针的具体化体现，但我们很容易发现学科核心素养累加和整体六大核心素养内涵外延并不完全一致，甚至有相互抵牾之处。如何连接宏观教育理念，把党的教育方针通过生涯管理素养这一桥梁，转化为教育教学实践可用的、教育工作者易于理解的具体要求，不再含含糊糊地绕开核心素养，只提学生应具备的必备品格和关键能力，从微观层面深入回答"立什么德、树什么人"的根本问题，是我最近这段时间一直在苦苦思索的问题。

量表初步测试的效果不错，希望研究成果能得到发表。

2021年1月7日 | 星期四 | 小雪

四十九

学校不能是文化荒漠

支教的学校上上下下，几乎看不到廊道文化、教室文化、寝室文化，也看不到办学理念、一训三风、校歌校徽，等等。一方面是因为基建尚未结束，另一方面，我觉得与他们对校园潜隐文化、课程的重视程度不够也有关系吧，毕竟这些花钱不多，费事不大。

这让我想到了我们附中，这方面的确做得要到位得多。这不，学校又要重启校史编撰了。这是喜事、盛事，毕竟历史对于一所学校来说，意味着成长、珍藏、回忆、借鉴和传承。相比现实的校园文化，这虽然没有那么迫切，但它影响深远，一所不知道自己源头的学校就像一个孩子不知道自己的父母是谁一样，无根无助彷徨。为让附中代代学子接受文化洗礼，培养出尊重传统、认同故土、热爱学校、关注社会的人，我们可以做得更多。

犹记本人起草的校史馆前言结语，依稀就在昨天。

校史馆前言

缙云巍巍而深秀，嘉陵滔滔以奔流。西南大学附属中学，枕名山，带大江，养仁者之渊默，得智者之灵动。稽其往史，肇始于1914年四川省第二女子师范学校，其后数易其址，迭更校名。先辈筚路蓝缕，创业维艰；后学继往开来，弦歌不辍。

沾溉既深，积厚流光；立己立人，至善笃行。引学问之活水，养性灵之丰沛；承先贤之遗泽，铸教育之精魂。怀弘毅之远志，期君子之不器；养浩然之正气，冶人格之独立；析万物之妙理，究宇宙之精微；秉至诚之厚德，赞天地之化育。生从师游，其乐陶陶，"真教育之殿堂"，庶几乎无愧也。

嘉陵浩荡，洗春色之常新；缙云崔嵬，聆书声之玉振。惜乎时代久远，更兼风云变幻，诸般宝贵史料，或不慎散佚，或付诸战火，或毁于大水，无奈暂付阙如，俟他日偶有所得，再行补录，以臻完美，愿贤者诸君宥之识之。

千淘万漉，披沙拣金，实难再现峥嵘岁月苦心经营之万一。追思先哲于此，既缅怀德业之广大久远，更谨铭"当仁不让于师"之圣训！因立是馆，志之勉之！

校史馆结束语

★

用历史照亮未来。历史不是冰冷的数字，也不是老旧的照片。历史是仁慈的智者，向世人昭示大道；历史是不灭的灯塔，为我们照亮航程！历史不朽，如天心圆月，朗照附中家园；历史不息，如春雨沃壤，润泽学子心田……

站在新的起跑线上，附中人将秉承百年文脉，同心同德，踔厉奋发，自强不息，开辟附中事业的新天地！

早在1871年，"人类学之父"泰勒（E.B.Tylor）就认为，文化是一个复杂的总体，包括知识、信仰、艺术、道德、法律、风俗，以及人类在社会里所得的一切能力和习惯。文化是多方面的，包括物质文化、精神文化和制度文化。在学校这样一个文化机构，让每一堵墙、每一条路都会说话，有助于培养学生的能力和习惯，但愿我所支教学校的领导也能意识到校园文化本身就是一种非常好的育人课程吧。

2021年1月8日 | 星期五 | 晴

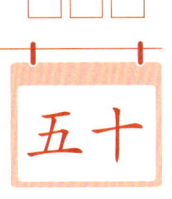

"娘家"来人了

  由于双方学校的促成,学校地理组派了王冬、魏大明、刘馨橘和彭丰渝前来交流。上午刘馨橘和"二中"分别搞了一堂地理整体性原理应用的同课异构,魏大明率先作了现场点评交流。下午王冬主要交流的是新课改背景下的学校年级管理,彭丰渝主要从自身体会出发,谈了新教师成长。

  整个交流我全程参与,感慨颇多。同课异构的两堂课质量都非常高,都通过一个事例来具体分析生物、气候、水文、土壤以及地形地貌如何共同作用,相互联系。"二中"孙乾老师主要利用问题探究法,演绎总结整体性(整体性表现为一致性、牵一发而动全身和影响其他区域),注重分析思路。刘老师由毕节织金洞霸王盔引入化学方程式,提取出"整体性五要素",先声夺人,其间循循善诱,层层递进,行云流水,设计感很强。尤其是生产功能和平衡功能的总结让学生思维迈向了更高的台阶。她后边还让学生用图示法来演示解释各要素的变化,学生在不断的追问中提升,思维非常灵活,知识来源于现实生活,知识的谱系、知识间的勾连处理得非常好。刘老师不愧为全国赛课一等奖选手,借用向颢老师的话来说,刘老师的课亮瞎了老师和学生的眼睛。挑点瑕疵的话,孙老师在处理学生生成问题时准备不足。刘老师的课如果能够进一步引导学生明确各要素之间还要考虑权重、表里改变因素等就更完美了。

  王老师的交流让人震撼,一方面看得出来他作为年级组长思维灵活、视野开阔,整体把握驾驭能力强,另一方面可以看得出来他为新高一做了很多事。讲完之后,沿河教科所黄主任直呼没叫沿河其他高中学校来听是个大损失。彭丰渝虽然是新老师,但气场很大,表情丰富,引人入胜,讲座娓娓道来,很有向组长的风范,是个自带天生幽默感的"思想者"。

  听课、听讲座的过程其实也是一个自我反省和提高的过程。在评价别人的时候,自己的理论素养也逐步提高。感谢学校提供的这样一个平台和机会,让我的教师生涯更加丰盈。

2021年1月11日 | 星期一 | 晴

也谈推门听课

学校领导赋予了我们支教教师一个特权——推门听课。但我心下知道，这一宣布，就让我和"二中"其他老师一定程度上走到了对立面。

现在很多推门听课已经成了一种常态，而且有的学校把它作为一种先进经验到处推广。顾名思义，推门听课就是任课老师上课后听课教师直接推门就进来了，无需通知上课老师，也无需提前告诉学生。在学校看来，这可以对老师造成某种压力，让他们花更多的时间精力在备课上。的确，短期内，一定程度上是可以起到这种作用。但我觉得，听课之前给老师打个招呼，让老师有个思想准备还是必要的，这是尊重教师的教学权，也是一定程度上消除心理素质不是太好的老师的紧张感，避免影响他们教学。

2021年1月12日 | 星期二 | 晴

五十二

同学自主学习时间带手机进校园被留校察看

学校的大门口贴了几张白纸海报，有几位同学自习课带手机进校园被留校察看。智能手机时代，如何对待、管理手机是一件让班主任头疼，并且值得深入探讨的事情。

学校对手机"围追堵截"，相信在中华大地绝不是第一个，也不会是最后一个。我们一方面在喊要培养学生的信息化素养，另一方面"一刀切"地禁止学生将手机带入校园，这恐怕自相矛盾。现在刑法把最低刑事责任年龄都降到12岁了，可即使你是高中生，在校园里，手机还是不能碰触的东西。

还记得手机刚出来那会儿，经常见到报刊登载某人在开车时接打手机被交警处分，现在似乎没有此类报道了。按照此种逻辑，如果有的成年人管不住自己，那是不是也该剥夺成年人的手机管理权？汽车高度消耗自然资源，可能造成交通堵塞，破坏野生动物栖息地，危胁人的生命安全，导致城市光化学烟雾，那我们是不是应该禁止？

学校管理、教育管理的边界在哪里？

我们可以罗列一系列手机的不好：比如，中小学学生自制力差，沉迷打游戏，容易影响视力，低头看手机颈椎容易出问题，等等。但手机就没有好处吗？必要时和家长联系、紧急情况下报警，利用手机获取外界资讯、传递信息、刷题，满足一般学习需求……

其实本来是该教育学生如何科学使用手机的问题,变成了该不该使用的问题。以后社会生活如果要完全绝缘手机,那好办,直接禁止就行。如果不是,我们不妨把手机使用管理当成对学生开展信息教育的契机。比如通过手机管理培养学生的自制力和自我管理能力,培养学生的规则意识、公约意识,提升学生的信息化素养。简单粗暴地制订和实施手机惩罚措施,比如砸、摔学生手机,没收手机等行为,折射出的管理理念和育人方法是值得深思的,这是一种线性管理,刚性的、纠问式的管理思维,是灭火式的另一种教育懒政,这不应该是我们教育孩子对待新生事物的方式啊!

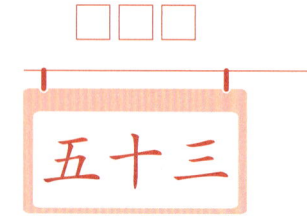

2021年1月13日 | 星期三 | 晴

五十三

成长路径

  今天召开了工作室的会议，主要讨论作文微课程开发的事情。希望组员们积极努力，开发出类似"阳光喔"一样生动活泼的系列作文教材，让"二中"的作文教学上一个台阶。

  我们初步议定了下周二下午由组员在组内讲授，其他人以提意见和建议的方式进行第一轮磨课，然后在学生面前上课，收集学情和反馈意见，再来完善。如果事例为教材内容，以统编本目录为指南。

  希望通过这种方式锻炼队伍，积累写作资源和写作教学经验。

2021年1月14日 | 星期四 | 晴

五十四

早读由班主任统筹

早读由班主任统筹。都九点过了，语文老师和英语老师才悠闲地踱步到教室，这在重庆主城区的学校，恐怕是想都不敢想的事情。然而这样真的就影响学生的早读效果了吗？未必。因为我看到学生读得摇头晃脑，读得声音洪亮，读得如痴如醉，读得旁若无人。说到底，我们的管理有很多思维惯性，比如学生都是不自觉的，早读老师看不到学生就读不好，比如英语、语文老师守早自习天经地义。首先声明，我并不是基于我是语文老师而立场有所偏倚。其实只要任务明确了，习惯养好了，学生休息好了，这些哪里是问题呢？我们说要相信学生，培养学生自主管理能力，却连学生读书都不放心，老师们陪学生一起拼体力、拼时间。然而也恐怕没有几个校领导敢开口子，敢去这样尝试，除非是像沿河这样。这里的教育现状尽管有一定的改进空间，但也不得不说，这里还保留一些教育原生态的东西，比如教师的幸福指数，学生的淳朴自然、天真烂漫，坚信教育可以改变生活、改变未来的执着信念。

五十五

2021年1月15日 星期五 晴

不相往来？

我们都知道教育部派了四支帮扶团队在沿河，但一直苦于没有相互联系的渠道。快三个月了，也没人安排我们见面。我觉得，教育需要相互交流，因为交流不仅不会减少信息，还会增加信息。估计教育局的初衷是好的，为了调动各大学附中的积极性，把整个县分成四个大片区，每所大学附属中学帮助一个片区，这样避免大家不良竞争或者窝工，同时又可以看出大家帮扶的水平和效果，便于比较。

原本计划元旦时这些师大附中老师们搞个联谊的，因为分管教育的副县长开会，没有成行。联谊往后推，不知学期结束有没有机会举行？估计又是悬的，兴许他们压根没有意识到交流是多么重要的沟通途径。

2021年1月16日 | 星期六 | 阴

五十六

机会来了

  说曹操，曹操就到。刚开始苦于没法和兄弟附属中学联系，晚上教育局就组织这几所学校的老师联谊，我们终于见了面，建了群，言谈中大家都有相见恨晚之意。我们和东北师大附中、陕师大附中来的老师人数相等，均为四人，来的学科各有不同，比如陕师大附中老师理科为主，东北师大有小学科音美之类的，整体构成了一个相对完整的学科群，大家交流是非常有益的。据说华东师大的老师要回去准备考研，很遗憾还没见上面。各学校的老师们主要以带团队、培优为主。东北师大带队的孙老师尤其让人感动，在来沿河之前，她才结束在西藏林芝3年的支教工作，我们发自内心地对这位来自吉林的大姐产生敬意。陕西师大支教的团队生活非常辛苦，他们洗热水澡还要跑到县城里开宾馆，到镇上采买生活用品要走十多分钟，业余生活非常枯燥，不过韩谈判率队一行人非常乐观。他们能够吸引到大学的教授也争取加入到这个支教团队，可以看出他们对教育扶贫的重视。可惜快进入期末复习考试阶段了，不然我们可以更加深入开展交流。

2021年1月17日 | 星期天 | 阴

五十七

做个幸福的教师

同行的地理老师给3个片区的老师作了个巡回讲座，收到出奇好的效果，就连另一所学校的石校长也因此对我们赞誉有加，深以没和西大团队结缘而遗憾。

讲座主要从他自身经历出发，谈了做班主任的探索和实践，主要用了自我对比、与他人对比的方法，告诉教师幸福的十二字箴言：读（读书）；听（听课）；学（进修）；议（沙龙）；访（访学）；教（教学）；评（评课）；导（辅导）；赛（比赛）；研（科研）；讲（讲座）；写（写作）。我以为这其实就是老师要专业精进，才能收获职业的尊严。教学最恰当的定义或许是对学习的组织，因此，成功教学的一切问题都是来源于如何组织学生真正地学习。教师的主要功能就是为学生设计正确的体验，让学生在体验中探索、生成、质疑、反思，从而成长，教学就是师生在课堂上无止境的相遇。

讲座的地理老师语言诙谐、幽默，通过自我对话的方式，用生动的例子，带着饱满的激情，让老师们倍感亲切，有力量感。

事实上，这里的老师出去培训很不容易，因为经费紧张，信息闭塞，有的人居然连飞机、高铁都没坐过。可以想象，这里的孩子们多么需要走出大山，走向外面的世界。

当然，我相信这里的老师整体上是幸福的，因为这里的老师有非常幸福的理由，那就是生活节奏慢，人情关系浓，相对而言没有那么多名利的诱惑。

2021年1月18日 | 星期一 | 阴转晴

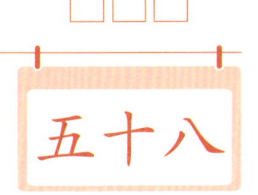

观察过道是学习深入度的最佳测试方法

每一次去看班级，发现只要过道有人走，班上总有学生往外望，由此可见，班上总有些人学习注意力不够集中。我和正班主任交流了我的看法和想法，他也有同感。如何让学生进入深度学习，确实是一个系统工程。当然主要还是来自课堂的吸引力。

咱班是临时组建的复读班，学习动机和目的应该是明确的，所以从教育的角度找问题很有必要。一般而言，长时间单调乏味的教学方式和抽象枯燥的教学内容，极易让学生走神。针对这种现象，班主任应该及时提醒科任老师，设法吸引学生的注意力，比如变换语气语调，给课堂加点儿"调料"，让学生自己动动手、动动口，适时调整教学内容的进度和难易度。

当然，这也不是什么洪水猛兽，只要从面上、倾向性上加以注意就行了。

五十九

2021年1月20日 | 星期三 | 阴

期末静悄悄

临近期末，非毕业年级已经开始准备考试，校园里感觉一下子安静了下来。时不时的喜鹊叫声和鸡鸣提醒着校园里仍然有人气。人与人之间越来越熟，大门口的保安已经能够叫出我的名字了，我感觉自己已经完全融入了这个集体。下午和名师工作室的学员们深入地探讨了教学的性质、任务、内容以及在教学中如何化简、聚焦。录制微视频的工作已然更进了一步，我希望在支教结束前，我们可以顺利地推出系列写作微视频。看得出，学员们很投入，有收获，希望这种势头可以继续保持，希望这种教研的生态就此形成。

2021年1月21日 | 星期四 | 雨

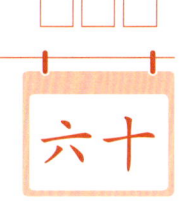

31岁的老姑娘

从长远的角度观察教育,是对教育反思总结的最佳方式。

一个已毕业13年的学生,打电话向原来的老师诉苦。因为想来看老师,她和准老公提着礼物到母校来拜访,结果扑了个空,于是男朋友有些不爽,因为很小的口角结果二人谈崩了。

这个女孩长得很漂亮,据说当时是年级的级花,即使现在看来,也是一个让人一见倾心的女子。为什么到现在还嫁不出去呢?读书那会儿,下课后班门外徘徊的男同学络绎不绝。那个姑娘曾亲口对老师说:"我读小学、读初中时,老师们都说我是坏女孩,只有你,你没有嫌弃我,还一视同仁,就冲着这一点,我要记你一辈子好。"所以,有了13年后的午后,她还略带哭腔地撒娇。

其实,这个女孩并非常人眼中的坏女孩,她能记住曾经教过她多年的老师,证明她是有感恩之心的,证明她内心是善良的。她现在依然能记得来看原来的老师,而且还准备告诉老师自己准备结婚的喜讯,希望和自己的男朋友一起拜访老师。可见老师对学生的态度、师德对学生的影响有多么大。

然而这个女同学也不是没有问题。因为她在男朋友有怨言的时候直接说要不咱婚不结了。试想,用这种方式去刺激男生,有几个男生会忍受,男生会怎么想?我还没有你高中老师重要?你和高中老师是不是过于亲密了?你是不是太任性了?

女孩的哭诉有点儿着急,她说和她一般年龄的同学,二娃都好大了,有的离了婚,二婚都又结了,她还从没披过婚纱。我相信并感佩这个女孩对老师的依恋和无限信任,老师能做到这一步,已经是非常不错了。

一细想,也有一些离考试、离德育"很远"的问题。比如,这个案例中的德育是否还有改进的空间?怎样的德育才是上佳的德育?德育的着力点在哪里?教育家会怎样思考和处理这种问题?在学校教育期间碰上类似的学生该怎么办?从十多年后的发展来看,相信教育发挥了神奇而持久的作用,我们的德育成功地维系了师生关系。但我们没有教会学生如何爱,男女如何相处,这是很明显的。如果当时有那么一盏明灯告诉她一些道理,比如生活并不完美,要学会换位思考,要学会经营人际关系。凭借她们融洽的师生关系,相信这个女孩是听得进去这些话的。

假如这个女孩在高中得到的对待和小学初中差不多,这个女孩可能会对教育完全失望,她可能也就像其他人认为的坏女孩那样,一直"坏"下去,可能真的成为了坏女人,最后她对自己没有期待,随便找个人嫁了,完成人生的义务,也许一辈子也就这么过了。或者她找一个年龄大的,利用自己的青春作资本,享受生活得了。哪种人生才是她真正需要的,哪种才是最适合她的人生?所以德育真的是一个系统工程,是一个着眼于未来的长远工程。

因而,考核一个老师,考核一个做育人工作的老师,是社会的良心。

可惜现在很多学校都出现了应试极致化和分数为王的现象,教育很多时候已经异化了,师生关系也随之功利化,而未成年人往往看事情又非常偏激和武断,非黑即白,因此这种深层育人就更难发生了。

2021年1月22日 | 星期五 | 阴雨

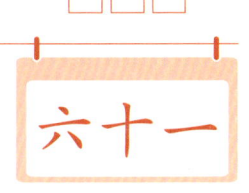

六十一

"围裙效应"

一个四十岁的男人吃饭经常掉到身上，你相信吗？这是我看到的一个真实的案例。他说他母亲因为怕孩子吃饭把身上弄脏，所以他十多岁了还给他系围裙，现在他非常担心他的母亲，因为他的孩子五年级了，他母亲还要求他孩子每餐系围裙，美其名曰免得天天洗衣服。而他们一家系教育世家，一个教育世家尚且对教育理解出现偏差，何况我们没接受过系统教育思想的普通人。

因为系上了围裙，所以不怕弄脏身上；因为不会弄脏身上，所以吃饭可以非常随意；因为长期不控制，所以长大了纠正起来很困难，我们姑且把这种现象叫作"围裙效应"。"围裙效应"的本质其实就是不相信学习者。越不相信越锻炼不出来，最后形成恶性循环。这可能是皮格马利翁现象的反面教材吧。

类推到我们的教育管理中，不相信学生管得住手机，所以严禁手机进班级、进校园；不相信学生自习能管理好，所以教师必须到班级；不相信学生会自觉早读，所以每个教师一次只能守一个班级。以此类推，不相信老师会认真备课，所以教案要手写；不相信老师们会认真上课，所以要推门听课；不相信教师在家会认真备课，所以要坐班打卡……

不相信的结果，就是管理越来越精细化，越来越没有弹性，越来越反人性。

这不是为教育系的围裙是什么？

2021年1月24日 | 星期天 | 雨

六十二

老师的期末考试

所有高考学科老师必须参加教育局组织的年终考试,考试结果将作为评定教师的重要依据。老师们似乎没有大家想象的那么紧张,临考了还有人连准考证都没领,上了考场有的人半小时不到就做完了,原因是考的是两年前的高考原题。以考促学本身是件好事,但流于形式和一刀切,或者把这个作为促进老师能力改变的方式未免简单了些。教师最重要的能力是如何教学生把解题的切入思路和原理搞清楚。考试能否测试出来这个能力?教师专业化发展考什么?怎么考?乃至这是不是考能够解决的?也许做比不做好吧!但我深以为还有更好的方式。学校应该比教育局更清楚教师的能力和业绩。

2021年1月25日 | 星期一 | 雨

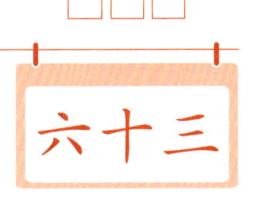

警惕教育的语言暴力

说到教育暴力，大家很容易想到拳脚相加，其实教育孩子过程中也存在很多语言暴力，关键是有时候教育者有可能根本意识不到。

德国的海涅曾经说过："言语之力，大到可以从坟墓唤醒死人，可以把生者活埋，把侏儒变成巨无霸，把巨无霸彻底打垮。"

孩子自卑，孩子冷酷，孩子暴躁，很多时候与父母、老师没有与他们好好说话有关。我们脱口而出的轻视之言、冷嘲热讽，批评责骂，如一颗颗隐形子弹，让外表看着好好的小孩，内心满是伤痕。

如果让你班上的孩子模仿家长、老师教育自己的口吻说话来上一节班会课，我相信很多家长、老师会被自己吓住的。"我从来没打过自己的孩子，但孩子的回忆中一直有我打她的印记。是的，我曾吓唬过她要打她，因为孩子有时候实在不听话，可是现在太听话了，我也不放心。因为孩子太在意别人的看法，因为她有讨好型的人格倾向。其实当初我就是想让她知道我生气了，结果孩子被吓坏了。"家长说。在孩子的眼里，那些以爱为名说出的话语，那些以爱为名的帮助教育，也许是一种伤疤，是一辈子都好不了的伤疤。我至今忘不了女儿在我大声吼她的时候，她瑟瑟发抖的样子，那时她的手指痉挛，无法控制。

孩子的内心世界是很脆弱的、微妙的，我们随口一说，孩子就可能一辈子没有自信。尽管我们现在教育环境面对的是高中生，不要以为他们就很成熟了，家长和老师随口一句嘲弄、贬低，有偏激倾向的学生会将老师的看法想象放大，无形中会形成一种负面的心理，所以我们的家长、老师应该有一些禁忌语。

比如父母不能对孩子说："考成这样，还有脸回家？""天天毛手毛脚的，我上辈子欠你的呀？""家里有你，真倒大霉了！""你是从垃圾堆里捡出来的。"……

比如老师们不能对孩子说："就你拉我们班后腿。""你再这样，我就找家长惩罚你。""我教这么多年书，没见过你这样的。""你把这道题再给我写×遍。""别人都懂了，怎么就你不懂。""不愿意上课就出去。""你就不能像……那样。""你真让我失望。""你一辈子就这样了。""你给我站起来。"……

"打骂式教育养成的，只会是奴隶式的孩子。"让我们记住教育思想家约翰·洛克的话，让教育的南风助推孩子翩翩起舞。

2021年1月26日 | 星期二 | 阴雨

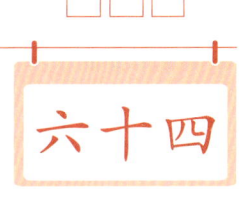

六十四

被击穿的底线

有位老师给我说了一件他职业生涯的囧事——被同学投诉并要求学校撤换自己。起因是他在课堂上公开批评了课代表，并且表达了撤换课代表的意思。我感觉这个事情似曾相识，便问了缘由。

原来这个课代表做了一件惊天动地的大事，他觉得和老师的三观不太一致，又有些留恋原来的班级、老师，就利用他的职务之便和号召力，要求大家收集对这个科任老师的不满和意见，然后联名向分管年级的领导投诉这位老师，说他教学质量有问题。

我表达了对这件事的看法：可能你的确有的地方做得不够到位，毕竟同学反映老师问题这种事是小概率，在现在这种紧张的师生关系中，你其实是弱势群体，不明就里的人，尤其是领导可能会对你有负面评价。

这位老师情绪很激动，他说，他在课堂上批评了课代表，课代表本来应该是科任老师的助手和参谋，结果他反而起反作用，这违背了基本的职业伦理，如果这个孩子处身社会，他会不会出卖他的领导，出卖他的单位，甚至于出卖他的国家？只要是他不满意，他就会利用他的条件和影响力，达到他的目的，这样的学生很恐怖！我说你是不是太小题大做了，学生有那么社会化吗？这位老师说："如果他反映的是事实，我绝对不反对，关键他反映的几点并不属实，比如说他反映我教的太简单，不怎么搞应试。我这个班的成绩其实一直都在中上，最好的时候逼近了最好层次的班。后来我找这个同学说的时候,他说成绩好不是我教得好,而是他们绝望了,自己刷题的结果。我有些无语,你知道吗?"我问其故。他说:"谁能保证其他班其他人就没有所谓的刷题。这个班他所教学科的成绩排名相比其他学科而言,超过了很多其他主科,而单位时间其实花得最少,关键是这个班本来就是个平行班。这个学生后来理屈词穷,说我教得孬,因为我教的另一个班成绩不行。言外之意,这个班成绩好,与我这个老师无关,另一个班成绩不好,就和我有关系。"这个老师苦笑地顿了顿,他说:"我一直都教得比较深,现在学生说我教得简单,我一直都提倡非毕业班不要强化应试,学生却有强烈的功利性要求,这是我从事教师职业以来最大的失败。快两年了,我都没有把学生的这种功利之心纠正过来,我真的很失败。"

我对这个老师说:"学生是未成年人,看问题有点儿偏颇,情绪化很正常,现在大环境如此,既然你选择了做老师,就必须勇敢地去面对。"他说:"作为老师,我可以选择原谅,但我担心的远不止于此,因为这个班有4个抑郁症患者,还有2个有轻度心理问题的;因为这里边有学生在投诉的前几天还在向我咨询学校对换老师的政策。教育的情怀是一回事,学生的社会化让人'叹为观止',大有'你被卖了,还忙着帮别人数钱'那样的感觉。这种阳奉阴违居然发生在基础教育阶段的学校里,这让我看不到希望和未来。"

看到这个老师的痛苦表情,我不好追问这个老师描述的细节,但我认为这个老师是有情怀的,教育理念也应该没问题,至于教育教学水平,我不妄加评论,毕竟这个过于专业,从这个老师在同行中的口碑来看,应该还不至于像投诉的那么不堪吧。

由于这个老师带着情绪,也许他说的话有些偏颇,但我相信一个成年人的基本判断,因为北大钱理群教授在南京师大附中的教育实验也有类似的结果。因为教育的裹挟,有些学校对老师、同学的评价只剩成绩了,连北大也有了这样的精致的利己主义者。这些精致的利己主义者,他们智商高、世俗、老到、善于表演、懂得配合,更善于利用体制达到自己的目的。这种人一旦掌握权力,比一般的贪官污吏危害更大。

记得钱教授说:"我和两位中学教师的通信中,他们共同提出这个问题。中学老师最大的悲哀是,他们培养出来的高才生,有相当一部分是高智商的、精致的利己主义者,他们提出后就提醒我了。"

钱理群从北大退休后,他投身中学教育十年,试图"改变人心",却得到屡战屡败的结果。钱理群在北大附中和北师大实验中学再次试手,情形一模一样,应试教育"针插不进、水泼不进",应试已成为学校教育的全部目的和内容,而不仅教育者(校长、教师)以此作为评价标准,并且也成为学生、家长的自觉要求,应试教育的巨网笼罩着中国中学校园,一切不能为应试教育服务的教育根本无立足之地,而应试教育恰恰是反教育的。

2021年3月4日 | 星期四 | 阴

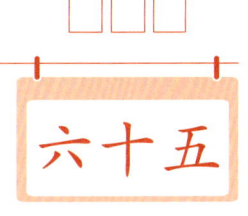

生源被抽空的县城中学需要更高层面统筹

一个约70万人口的县城,假如前600名初升高的学生都留不住,有将近2000名学生外流,你觉得老百姓会信任这个地方的高中教学吗?本来由于地理位置不同,各地教育资源、环境都存在差异,如果县城中学的生源被抽空到考个重本都是奢望,县城中学老师所想的仅仅是每年上二本线的人数能够多一点点。如果能出现几个考"985"和"211"的学生,那简直是烧了高香了。那么到底是什么造成了这种差距呢?

家长们市场化选择,老师们市场化选择,县中没有优质生源,难以出成绩,学校聘不到或者留不住优秀教师,寒门再难出贵子,教育的马太效应让穷者更穷。教育的生态、教育的阶级跃迁功能就可能受到极大破坏,这不符合我们制度的初衷。

搞教育不同于搞经济,教育是一件无法用数据来衡量的"农业",教育一旦衰败,民众对国家的信任就会急速下降。从这个角度说,更高层面的统筹势在必行。

2021年3月5日 | 星期五 | 晴

六十六

站坐间的江山

　　太阳一出来,"二中"就沐浴在晨晖中。从住所到学校,要爬十多分钟的山路。临到学校时有一坡梯坎,梯坎的右侧边坡上有碧绿的菜畦,左边就是我办公的地方了。这种布局很让人想到城乡接合地带,亦城亦乡,带着田园和诗意。坐在座位上,100米开外就有高大的山峦,猫腰站起来,就可以看到乌江水向北流去。这就是我的江山,我的阵地。

　　这里的作息很规律,从某种程度上说,有了更多的思考空间和时间。面对诸多教育现状,有时候真觉得这里是一个巨大的宝库。惜乎自己的教育理论功底不够,获得那么多的教育一手资料,却像一个不会煮饭的厨子,浪费了原材料。

2021年3月8日 | 星期一 | 晴

六十七

春天花会开

　　一个年近退休的老教师他需要一个校本课题鉴定，以便在退休前评上高级教师。学校说只要专家鉴定他们都认可，摆明了这是给他的最后机会。他找到我，希望我给他鉴定。委实说，我根本不是什么专家。我完全可以置之不理，也可以假装卖个人情给他。只是他的文本过于粗糙，我不好下结论，但这个老师提出的问题却引发了我长久的思考。

　　教一辈子语文，语文凭什么立足？语文的魅力在哪里？这涉及自身职业的价值和尊严。什么是语文的魅力？这属于课题界定。为什么要提高语文的魅力？这涉及研究的价值意义。如何提高语文的魅力？这是研究的策略问题。

　　什么是语文？至今学界还没有一个让人信服的定义。一说是说出来为"语"，写出来为"文"；一说语文是语言文字、语言文学、语言文化的简称；一说语文课之"语文"一词原系国语（白话文即语体文）与国文（文言文）之合称；还有一说语文是偏重从文献角度研究语言和文字的学科总称，一般包括文字学、训诂学、音韵学、校勘学等。

　　然而这个问题实在太过重要。学生明白语文是什么，努力才会事半功倍；老师明白语文是什么，才会有方向、有力量，才不至于越界或窄化。思索清楚了语文的本质，并在实践中探索语文的魅力，语文教学才不会云里雾里，不见子打子。所以谈语文的魅力首先得明白什么是语文，然后才是魅力探讨。

我以为,魅力是能激活学生和老师的东西。语文的魅力可能来自教学内容,也可能来自教师学识,更多的可能来自热情、爱以及某种精神。立足于鲜活的,现实的,看得见的文字、文学、文化,才是有魅力的语文;少点儿功利色彩的,多点儿人文情怀的才是有魅力的语文;少点儿形而上学的,多点儿实践运用的才是有魅力的语文。

2021年3月9日 | 星期二 | 阴

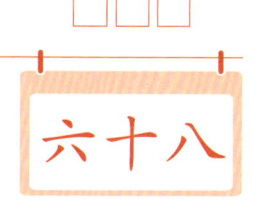

思辨写作能力训练

我们和"二高"老师一起,准备申报一个思辨写作方面的课题。思辨就是思考辨析,包括分析、推理、判断等思维活动及对事物的情况、类别、事理等的辨别分析。写作是以语言文字为媒介文化交流的行为,是人类各个领域不可或缺的信息记录与传播方式。

思辨写作能力训练在国外发展迅速,被西方教育界视为教育的重点。英国哲学博士肖恩·沃伦认为,思辨是精通掌握任何学科领域的途径,思辨能力的教学开始越早,学生越能保持清晰的思考、理智的头脑。当下的作文教学在这方面是极为欠缺的。余党绪、朱昌元、边建松等做了有益的探索。如何在课堂中培养思辨写作能力,如何解决思辨写作培养中日益暴露出的问题,尤其是针对"老少边"地区的高中生这一特殊群体,毕竟他们的教育教学资源和师资支撑要差一些,何况思辨本身也是相当的复杂。

课标规定,学习表达和阐发自己的观点,力求立论正确,语言准确,论据恰当,讲究逻辑。学习多角度思考问题。学习反驳,能够做到有理有据,以理服人。围绕感兴趣的话题开展讨论和辩论,能理性、有条理地表达自己的观点,平等商讨,有针对性、有风度、有礼貌地进行辩驳。这从论点、语言、论据、论证四个方面提出了思辨性写作的基本要求,为课堂作文训练指明了方向。

其实,很多学生写不出东西,是因为思辨能力欠缺,思维深度不够。学生的思辨能力提升了,作文的水平自然而然就提升了。因此,如何在作文课堂训练中抓住思辨的特征和方式,培养学生的辩证性思维,抓作文立意的深度,增强学生的理解题意能力,"透过现象看本质",从作文的材料中提取出来有用的观点,真正理解题意,提升主题等既是应试的需要,更是学生能力提高,提升学校语文教学质量,促进学生可持续发展的需要。

相信如何有效把握高中生思辨思维的特点,积极完善课堂训练策略,合理构建课堂训练思辨写作教学模式,探索出"老少边"地区高中语文课堂训练思辨写作的策略与路径,积累大量思辨写作的素材和教学案例是非常有意义的事情。

2021年3月10日 | 星期三 | 雨

六十九 忙碌而充实

随着教育扶贫的深入推进,这个学期的事情明显多起来了。

学校要求我们带最优的实验班,还有单独组班培优,我重点培优理科语文,向老师培优文科地理。每周2次,我们把它放在周一下午,全校高三遴选25个同学,重点提升踩线生和冲刺高分段者。

周末,教育局和"二高"上午下午都给我们安排的有讲座,我上午在"四中"讲教师专业发展,下午在"二高"讲高三如何提高教育质量。

说实在话,学校对我们很不错,刚来还让我们参加了工会组织的活动,一起周末联谊。全国三卷和一、二卷有些差别,这两天我都在研究最近三年的高考题,希望能够高质量地完成学校交办的任务。第一次上课一定要准备充分,高屋建瓴,征服学生,何况还有高三年级的老师也要来旁听呢!

加油!

七十

2021年3月11日 | 星期四 | 阴转晴

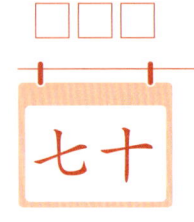

老师，我想您了

16班的学生托班主任带话，说："老师，我们想您了。"其实我理解他们是希望我再给他们上班会课。

作为荣誉班主任，其实我也想他们了，我还偷偷地在走廊外观察过他们几次，只是他们太认真了，没有察觉。对于这一批特殊的学生，他们需要更为特殊的关爱。我以前没当过班主任，但我很想把班会课上得像上个学期一样精彩。只有不到九十天了，他们最需要什么，我需要好好备课。他们会有什么问题：累？迷茫？动摇？怀疑？（我提升了吗？我平时努力了吗？我复习就是刷题吗？）……

没有人能随随便便成功，能承受失败的人，就有希望靠近成功。丘吉尔、爱因斯坦、王小丫、俞敏洪，这些人都复读过，复读的心理包袱他们没有吗？复读生慢慢被应届生赶超，他们心里能接受吗？考研或者招聘很多都有学历歧视的鄙视链，他们知道吗？学了这么久，他们疲惫吗？复读的这一年，他们经历了怎样的身心煎熬？人的一生应当始终有梦想的支撑，没有人愿意一辈子甘于平庸。怎么给孩子们打气呢？

一定要让他们明白，熟悉是一种资源，复读是会产生力量的。无论教材怎样变，考试怎样改，高考考查的必将是学科思维和技巧，考查的必将是知识运用和迁移能力。改革是系统工程，绝非一蹴而就的事，因为新教材成熟需要时间，教师观念和行为改变需要时间，命题探索需要时间，课改与非课改衔接不可能震荡性过渡。

一定要让孩子们寻找初心——我为什么要复读？是高考失手了，还是高一高二松懈贪玩，到高三才发奋用功，但为时已晚；是由于没有掌握正确的学习方法，虽很勤奋，但成绩徘徊不前；还是由于原学校教学管理、师资方面不理想，导致成绩上不去；还是志愿填报不当未被理想大学录取而落榜。我为什么要学习？我为谁而学习？我的学习跟我的前途有什么关系？我学的是什么？哪些东西是我终身受益的？

　　一定要让他们向自己、向过去、向不良习惯挑战。乐观面对，永不言弃，不管怎么考！要让他们冷静看待平时考试成绩！细化过程，淡化结果。高四的生活枯燥乏味，在所难免会产生烦躁情绪，每位同学或多或少都会遇到这种情况，高四这一年，谁都不会过得轻松，但是要让他们明白：对于一个拥有梦想的人来说，最大的失败就是放弃，今天很残酷，明天更残酷，后天很美好，大部分人"死在"明天晚上，看不到后天的太阳。作为高四的学生，应该学会用左手温暖右手，把学习当作快乐并且享受这个过程，去欣赏自己，去体味属于自己的高四。

　　一定要让他们明白方向比汗水更重要。流泪、抱怨通通没有用。永远向前、向上；有足够的耐力和耐心；有足够的时间，脚踏实地。整体把握好时间节点，打通知识的关节脉络；总结高考命题规律、试题特点和解题策略；生成学科答题思维模式；利用好高考母题举一反三；避免繁多化、琐碎化、庞杂化……

2021年3月12日 | 星期五 | 阴

七十一

提高专业素养　把握出口质量

针对沿河教育的情况，我应邀为新教师作如何专业化发展上岗培训和对高三年级作如何提高管理水平培训，周六、周日各一场。尤其是针对高三后期管理，我做了精心准备。

高三管理涉及对学生的调节、控制的能力，对教学内容判断加工处理的能力，对教学影响的调节、控制和改造能力，教师自我调节、控制能力等，高考是绝大部分人遇到的第一个决定人生道路的时刻，但这并不意味着高三就只剩下书本和课桌，只要生活在继续，快乐就会出现在每一位身边，就看我们有没有让学生"把日子过成段子"的能力了。

有句话说得好，高三就像骑自行车，弯腰但要眼看前方，沉默但要拼命骑踏。

我们为什么要提出高三的奋斗目标？因为目标有激励功能，家长、学生总是按照学校的培养目标对号入座，目标可以给家长、学生以积极的心理暗示；因为这样可以让班主任、任课教师按照学校的培养目标确定班级的培养计划，培养的针对性更强；因为这样有利于挖掘学生的潜力，引导合理的竞争。

通过整体思考与设计，建立系统思考模式，防止舍本逐末、恶性竞争、目标侵蚀、饮鸩止渴。避免"瓶颈效应""舌尖现象""克拉克现象""心理饱和现象""阴影缠绕现象"。

任何问题的复杂化，都是因为没有抓住最深刻的本质，没有找到最基本的规律与问题之间的最短联系。所以我们时时求主动,处处占先机,以最小的代价,求得利益最大化。遵循规律,抓住高三工作生命线——高考,注重强基、竞赛与艺体,重视家长的辅助作用。

对于老师,考前要认真组织试题命制,考中抓考风、促学风、正教风,考后开好"四会",做好质量分析,做好诊断工作。

班主任会,要发现管理问题,找出病症;备课组会,要发现教学问题,寻找对策;家长会,要统一思想,形成合力(机动);班会,要具体落实。

要做好跟进工作。备课组、班主任联手做好优困生的磨尖、补短工作,做好待优生的补短工作,强化综合科目训练。

引导家长正确认识高三,引导家长用底线思维管理好自己的情绪,监控好孩子的情绪,帮助孩子葆有一颗向上的心,引导家长和孩子在情感上多沟通,学习上不过多干预,做好孩子的生活保障、志愿参谋。

对于备课组管理,备课组要研究高考真题,研究《考试大纲》,统一资料、进度、考试,不断探索高三有效的课堂教学,提高教学效率。引导教师学会精力分配,须知命制试题就是研究考试的过程,会命题的老师更会把握考试和课堂。

备课组的重心和功能要放在选好、编好、用好复习资料,研究高考,寻找考试方向,掌握好题目的精度、典型性,提高学生学习兴趣等方面,要注意方法、思想、能力培养,谨防题目一轮比一轮难了,学习能力却倒退了!

高三高效课堂学生要动手,要有一定量的练习,有思维方法归纳总结。高三高效率课堂应知识容量大而有当、思维层次高而适当、训练力度恰到好处、方法渗透巧而实,研究到位才能教学到位。一所学校最怕有一群愚蠢的老师在兢兢业业。

高三教师的课堂教学定位是学生作业暴露问题错误根源的指出者;通过典型例题让学生掌握复杂问题得到解决的步骤与原理的落实者;知识点、方法、细节的有效整理者;通过精心备课将复杂问题简单化的加工者;教师知识感悟、人生感悟的传播者。

高三复习要详略得当,用典型模型讲基本方法,用高考题讲高考,重视问题情景,强化训练,落实到位,注重基础,回归教材,强调规范,关注细节,不拖、不僵、不慌。

我们要研究教材、考纲更要研究高考试题。把握复习的重点、难点,熟悉考点的命题考查方式,挖掘教材中的命题要素,精选习题,分类整理,做好复习规划和例题、习题、试题统一安排。

自己编写一轮复习资料,尽量不用现成资料。这样可以有效地减轻学生学习负担,提高复习效率,事半功倍!

复习课要"六落实":自主学习前置化,落实先学后教;学习内容问题化,落实思维训练;教师讲解滞后化,落实以学为主;典型方法体验化,落实讲练结合;教学要求具体化,落实以教促学;检查评价一体化,落实以评激学。

复习课要在新授课的基础上进行必要的整合、提炼和拓展,切忌简单重复,同时又不能脱离"双基",偏离主线;要找准考情与学情的结合点,不能脱离学情,片面追求难度、容量,也不能脱离考情,剑走偏锋或无原则地降低难度与要求。

复习课要突出查漏洞、查盲点、查预案落实情况,注重知识梳理、方法提炼;突出类题演练、变式训练。复习课要在"精"上下功夫,在"变"中求效率,在"思"中促发展。

试卷讲评课要重视"五环节"。

一是点评考试情况(大约5分钟)。通报成绩。对班级、小组、学生个人的考试成绩进行通报,对成绩好的个人、小组进行表扬、鼓励。分析试卷或考试策略、技巧、规范等方面存在的问题。典型试卷展示。

二是学生自查自纠(大约10分钟)。教师出示答案,要求学生查明错误原因并改正错误,找出自己解决不了的问题。

三是分组讨论(大约10分钟)。对不会的问题或疑惑的问题在小组内开展讨论,使每一位同学的绝大多数问题都得到解决;交流好的方法;共同确定小组内需要在班内研讨的共性问题;小组长具体负责。

四是班内研讨(大约15分钟)。各小组提交需研讨的问题;征求学生意见,以确定哪些问题需要在全班研讨。

五是在教师的指导下以学生讲为主。以讲解解决问题的思路、方法为主。开展竞赛,对讲得好的小组可进行奖励。

试卷讲评课遵循重点问题优先的原则、分类处理原则、选择性讲解原则、贴近实战原则、跟踪落实原则、激励性原则。试卷讲评课不能只讲答案、不讲问题,不能只讲问题、不讲原因;或者只讲原因、不讲对策,只讲对策、不讲落实。

复习要提高"备"的层次性、"讲"的针对性、"练"的科学性、"学"的有效性。讲学生不易理解或容易理解错误的地方;讲学生似懂非懂容易被忽视的地方;讲学生只知其一不知其二的"二"。对概念和规律要"先议后讲,不议不讲";对典型习题要"先做后讲、不做不讲";对课后练习要"先批后讲、不批不讲"。高三复习的"讲"不要成为新授课内容的机械重复或简单压缩,不能满足于"我讲了""我讲明白了",而应立足于学生真正理解了,学生会应用了。

我们要正确看待习题的价值与作用。习题是载体,是对知识、规律的理解应用;对解题方法的指导,良好解题习惯及各种能力的培养才是习题教学的本质,把每道题都看成孤立的个体,就题论题,为解题而解题则偏离了习题教学的方向,使学生陷入题海而不能自拔;习题千变万化,新题层出不穷,但所涉及的重要知识点,基本解题规律、方法、能力要求是不变的;习题是无限的,但题型和方法是有限的,只有抓住不变的,才能以不变应万变,最终带领学生跳出题海。

注重"练"的科学性。通过必要的技术处理,提高习题教学的性价比,充分挖掘、发挥每道题的价值,努力做到保质保量——"老师跳入题海,将学生托出题海"。

该让学生做的事情一定让学生自己做,能力是在独立运用的过程中培养起来的——潜力是逼出来的,能力是练出来的。

二轮复习应该坚持强化性原则、精细化原则、实践性原则、协作性原则,更精准地走向高考。二轮复习讲什么？重难点突破。难点不等于大难度。重难点指的是考试分值比较重的,考试容易丢分的,屡考屡错的知识点或类型,以及新题型。用什么方法讲？多用归纳法和对比法讲题。归纳法容易让学生找到规律并有利于知识迁移,对于试卷中的共性问题要引导学生对比,不要"错了又错",找出自己的薄弱环节。对比可以使问题暴露清晰,可以使认识深刻。针对二轮复习学生的个性化问题日趋突出的情况,可用反面错误典型去改变无效、低效复习状态。

在二轮复习中要注重拆题,就像拆机器一样,将综合题拆分成几部分来研究,最后再看他是如何组装的,经过反复地拆、卸,相信大家会有所体会,"不讲不懂、一讲就懂"的现象也会随之减少的。二轮复习资料选择要能够体现知识间、方法间的联系,能够体现方法优化路径的,能体现不同年份乃至不同省市试题间的联系,资料的栏目题目设置要有让学生想做、敢做题的冲动,同时有一定的基础性和思考价值。

高三同学从5月开始要适当调整生物钟,尽量在11点钟开始睡觉,要将精神兴奋时间调到白天的考试时间,高考前应该好好将自己的身体调到最佳的状态。

只要方向是对的,就不要怕山高路远。成功的法则极为简单,但简单并不表明容易。我觉得我父亲培养我的三句话终身受用。孩子,爸妈没本事,你要靠自己;孩子,做事先做人,一定不能做伤害别人的事;孩子,撒开手闯吧,实在不行,回家还有饭吃。

唯愿学员们有收获。

2021年3月15日 | 星期一 | 阴

七十二

培优正式开始

由于高二生病的老师及时销假,我得以解脱出来。学校把毕业年级的文理科各挑选了20多位同学组成了17、18班,利用每周自习时间为学生恶补薄弱学科。我担任理科培优班的学科教练,向老师担任文科班的学科教练,我的班上有27位同学,是年级最大的希望。

没想到的是,以兰主任为代表的学科老师也到场观摩学习。课堂上,我首先通过2020年全国三卷22各个类型的小题,引导学生归纳出在命题人眼中语文应该是什么样子,让他们建立起对试卷的宏观概念,然后引导总结每小题的考查点。学生大都对考点所考知识了解得不够清晰,比如考查病句,他可能说是考查语感。他们对语言运用的准确、简明、连贯、生动、得体的五种能力与病句题型辨析之间的对应还不清楚;对每道题问法的变式、答题的模式不甚了了。在我的引导下,孩子们对命题的规律、出题的技巧、干扰的方式,有了更清晰的认识。

下课之后,老师们和同学们的反馈很不错,甚至有老师说这堂课令他耳目一新,简直有些震撼。我对考题的讲解能被他们悦纳、认可,是一个好的开头。

17班的高三孩子们,希望26号照毕业照的时候,你们脸上绽放出满满的自信。

2021年3月16日 | 星期二 | 雨

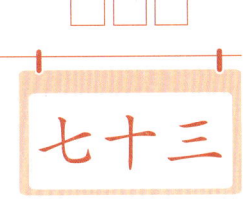

办公室成了咨询中心

一到自习下课，孩子们就涌到办公室来，有咨询问题的，有诉说苦恼的，有寻求帮助的。这种感觉是班主任兼科任老师、心灵导师才会有的体验。

我深深地理解在最后冲刺阶段，孩子们多么希望一个有经验的长者能够赋予他们足够的自信。这种师生关系不掺杂任何功利因素，就是单纯建立在一个高度信任、亲密无间的情感场中的关系。

有人说，班主任和学生之间的情感是科任老师无法取代的，我深以为然。班主任多了很多教学以外的对学生的交流跟踪和反馈。为人师者如果不当班主任，那么思考问题的方向是完全不同的。

如果我仅是个语文老师，我可能关注的就是我所教的学科，学生学得怎样，成绩如何。但是身为班主任，我除了关注这点之外，我还要再想：这件事对学生将来的发展是否有影响，对学生其他学科的发展是否有负面影响。和家长交流，我更会考虑他能否帮得上忙，能否起到教育的效果，而不是一味地向家长诉苦，指出学生的不足。

2021年3月17日 | 星期三 | 阴

七十四

我真成了沿河人

这几天上街,到处都碰到友善打招呼的人,我不能准确地识别他们是"二高"的老师,还是听过讲座的学员,抑或是长得较为成熟的学生。算来沿河至少有两千人和我有过交集了吧,谁叫沿河这么小呢。以前同仁在喝酒的时候说我们都是沿河人,那是一种象征性的姿态。而今,我们用实际行动证明,我们正逐渐被人认可,我们的付出正在产生积极的变化,那种家的感觉,那种温暖的感觉正日益强烈。

黔东老区人民给我们留下了厚重的历史宝藏和丰富的红色文化,也给我们留下滴水思源的淳朴民风,感谢学校给我们提供了这么好的机会,让我们深入参与到全国的教育扶贫事业,见证这个时代的伟大工程。

2021年3月18日 | 星期四 | 阴

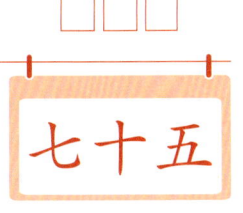

家校共育至关重要

一个复读了两年的孩子很迷茫，他已经很努力了，但成绩上升有限，父母给他的压力很大。还有一个科代表，她现在已经有了心理问题的苗头。我强烈建议年级主任或班主任，通过一个合适的契机，搞一次成人礼大会或者其他活动，哪怕是远足也好，让孩子们过于紧张的心情得以调整。最好还要和家长们充分沟通。尽管该校很多孩子家长在外打工，但是通过电话、视频等形式，和个别学生家长沟通交流学生的心理问题还是很有必要的。

高三最后几十天，复读生身上的问题越来越突出。主要体现为：患得患失，害怕失败的心理问题严重；缺乏必要的情绪排解渠道；时间安排不当，睡眠质量得不到保障。为了妥善解决这些问题，家校共育是最有效的途径。没有家庭教育的学校教育、没有学校教育的家庭教育，都很难独自完成培养孩子的使命。利用"家长助教"，让家长更真实地了解孩子的动态，让家校形成合力，让学生尽量避免情绪的波动和干扰，与家长有效配合，同步合拍地促进孩子健康成长也是我这个班主任必须要做的工作。

2021年3月19日 | 星期五 | 阴

七十六

听力考试之前

明天上午考英语听力,学校的硬件、软件维护是个大问题。今天上午九点学生就放了假,学校的大小领导忙得连午饭都只能吃盒饭。平时很少听到这些孩子练听力,不知道会考得怎么样呀!

中国学生的英语听力非常差劲,偏远一点儿的区县学校学生学的更是"哑巴英语"。事实上,听力的提高必须要建立在一定的词汇基础上,尤其是核心词汇和场景词汇。听力归根到底是辨音的过程。如连读、失爆、弱读、失音、音变等现象,要注重听音锻炼。

由于听力与口语关系密切,熟悉口语句子结构,熟练掌握常见的日常用语,掌握一些常见的搭配关系和惯用语,也有助于提高语言的敏感度。

对话的开头往往是主题句,它是整个对话的概括和提示;结尾往往涉及建议、决定或某些行为等,是整个对话的总结;对话中的一问一答,往往是同义转述。因此,答案通常是对话中紧接问题之后的答复,要避免受到同音词或近音词的干扰。重复率高的单词或短语,往往表示内容被说话人强调。

我自己在听的过程中,最大的障碍是好多内容好像是听到了,但马上又忘记了,或者要反应半天才能想起来,有时要听1~2分钟才能进入状态。可以坚持练习边听材料边听写和记笔记,对于数字、人名、地名、时间和年份等要点最好简要记录一下。

可惜我自己的听力也不太好,实在帮不了他们太多。少点紧张和干扰,把好听实在的词快速记下并连成一个完整无矛盾的故事,兴许是破解之道。

2021年3月22日 星期一 晴

讲座以后

  这几周周末连续有讲座，向老师的粉丝坚持要请他吃饭。县内最好的一所学校邀请我去讲群文阅读，因为渠道过于私人化，我暂时还没答应。杨校长今天很郑重地代表"五中"邀请我们去交流，因此周末我还有些忙不过来了。不过充实中也发生了些小插曲。比如思源中学不知怎么的，居然在报道时把我说成了博士，虽然我给毕业班教师做了《提高专业素养，把握出口质量》的专题培训，或许是觉得我讲的内容还是有点儿挑战性吧，他们报道时不吝溢美之词。什么"聚焦中考复习，从教师的专业技能要求、高效课堂应有的要素、初三教师的角色定位以及学生学习规律、考试复习技巧等方面进行了深入的剖析和分享；从具体理论到个人实践，全方位、深层次、宽领域列举了科学、高效的复习方法，其内容不局限于方法与技巧层面，更深地延展到了理念、素养和责任上，为全体教师展现了一堂精彩、生动、高效的培训课……"其实我就是把附中的教育教学管理做了一个梳理，这实在不全是我的功劳。

  不过也有很开心的事情。一位乡镇的体育老师请我们吃饭的时候，表演了原生态的土家祝酒歌和情歌，非常有感染力。黎老师唱的时候非常投入，脖子上的青筋凸起，帮腔的人和得很有力量，类似于拉歌。彼时彼地，我想任何流行歌曲在那种场合都会黯然失色。黎老师还邀请我们到他家做客，我们到底该去还是不该去？这是个难题。

2021年3月23日 星期二 晴

七十八

课题再出发

贵州这边的课题申报书格式和重庆有点儿区别。

贵州的要求：

1.选题依据：国内外相关学术研究梳理及研究动态，本课题相对已有研究的独到学术价值和应用价值等。

2.研究内容：本课题的核心概念、研究对象、总体框架、重点难点、主要目标等。

3.思路方法：本课题研究的基本思路、具体研究方法、研究计划及其可行性等。

4.创新之处：在学术思想、学术观点、研究方法、破解难题等方面的特色和创新。

5.预期成果：成果形式、使用去向及预期社会效益等。

6.参考文献：开展本课题研究的主要中外参考文献。

重庆的要求：

1.本课题核心概念的界定、国内外研究现状述评、选题意义及研究价值。

2.本课题的研究目标、研究内容、研究假设和拟创新点。

3.本课题的研究思路、研究方法、技术路线和实施步骤。

通过对比,我们不难发现重庆的课题申报要求更简洁一点儿,但我个人觉得,统一格式更方便教师升级课题级别,不然填表会人为地增加工作量。能搞成标准件的为什么要弄成非标件呢?

2021年3月24日 | 星期三 | 晴

七十九

高三成人礼

上次管理培训之后,催生了今天的成人礼。不到8点,操场上已经人头攒动,红旗招展。没想到的是,高一、高二的同学也停课参加,真是一个大手笔。

随着歌曲的播放,高三同学们喊着班级口号,大踏步而来,成了全场最抢眼的对象。紧接着,成人礼在庄严的升旗仪式中拉开帷幕。校长冯林为成人礼致辞,他代表学校向步入成人行列的青年学生致以热烈的祝贺并提出殷切期望。我也发言了5分钟。我希望在最后75天里,孩子们把握当下,相信未来,用自己的实际行动,为了爱自己的人和自己爱的人,努力实现《哪吒之魔童降世》中说的那句震撼人心的话——"我命由我不由天,是魔是仙,我自己说了算。"

孩子们今天将要穿越人生的三重门,去追寻生命的三个境界:跨过成人之门,回应时代的召唤;敲开高考之门,谱写母校的荣光;迈向独立之门,开启新的人生旅程。教师代表、家长代表也纷纷为高三学子送上了衷心的祝福。大会现场,学校主席台的领导、嘉宾为获得优异成绩的高三同学颁发了奖金和证书。

随后,在老师和家长们的夹道欢迎下,高三孩子们陆续走过了象征成年的牌坊门,以饱满的热情和高昂的斗志,满怀信心地跨过成人门,走向成功门、成才门,踏上新征程。

2021年3月25日 | 星期四 | 阴

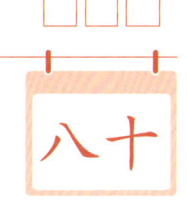

照了一下午相

昨天孩子们很开心,照了集体照又自由组合照相。这可能是这个学期以来高三的孩子们最开心、最放松的一个下午。一个资深的班主任还有点儿焦虑,说每年这个时候孩子们总要浮躁几天。我劝了一下这个班主任。有的时候需要张弛有度,孩子们绷得太紧且不倾诉,容易出心理状况。且从长远来看,放松一下,学习状态和成绩也未必就一定会受影响。何况,学生就这么点简单的愿望和要求,我们何必为难他们,谁还没有过青春?对我们来说,这也许是浪费时间,对他们而言,却是永远无法磨灭的青春记忆。

因为思路和看法不同,我配合着小伙子们和姑娘们摆各种造型。我不禁感慨,人生真的很奇妙,阴差阳错,我就闯入了他们的世界,而且建立了一种"莫名其妙"的师生关系,让我重新定义了"教师"这个角色。天上过去的几块乌云毕竟不是天空,也代表不了天空。春天的天朗气清是挡不了的,面对大山大川的背景,美丽的不只是河山。

2021年3月26日 星期五 雨

八十一

集中攻关

"二高"要申报一个省级课题,我仔细地看了一下申报文本,文本中对于学术史的梳理有点儿粗糙。通过协同努力,我们做了一些修改。知网统计发现,思辨阅读论文约240篇,写作教学约1.92万篇,每年都有大量的人研究,思辨阅读与写作放在一起研究论文仅14篇,发表时间主要集中在2020年。

读写分离带来的写作基本功差、思维不清晰、思想不活跃以及知识不丰富等问题,症结在于知识模块化教学破坏了阅读与写作的天然联系。思辨阅读是刺激学生寻找写作主题和帮助学生熟悉写作模式、积累写作词汇的手段。阅读有助于激活文本信息、活用信息,还原作者写作时的心态、状态,尽可能走近作者。基于写作的阅读是对作品的拥有,不是熟悉,更不是知道。带着写作过程中的问题与困惑进行阅读,把作者的语言文字、写作技巧转换成自己的写作感觉,加深自己对人生、对世界的理解。"思辨阅读写作一体化训练"以全新的观念来指导学生的学习行为,让读书蔚然成风,作文言之有物,有助于强化阅读写作能力相互迁移理论研究,改变课程生态,优化课堂教学内容和结构。

思辨阅读就是思考辨析阅读材料,包括对材料的分析、推理、判断等思维活动及对所涉事物的情况、类别、事理等的辨别分析,以把握作者的观点、态度和语言特点,理解作者阐述观点的方法和逻辑等思辨活动。

思辨性阅读的内容包括：思想（观点、态度和立场）、思路（方法、思路和逻辑）、语言（行文特点和语言风格）。在理解中质疑、在比较中阐述、在批判中论证等都是主要培养学生多角度、辩证地分析问题并发表看法的能力。思辨性阅读培养学生形成自己独立的思考，对他人的见解有质疑、有分辨，进而确立自己的观点，提升自己的思维品质和思维能力。

思辨表达俗称议论文写作，学生在表达和阐发自己的观点时，力求立论正确，语言准确，论据恰当，讲究逻辑。批判性思维的表达要养成学生对语言、文字、文学、生活以及文化现象等独立思考、质疑探究的习惯；同时发展学生思维品质，增强学生思维的深刻性和批判性，并重点在于关注学生思考问题的深度和广度。它是助推高中语文课堂质量提升的利器，是革除语文教育痼疾的良方，是培育具有创新精神的未来人才的重要举措。通过实证、推理、批判等方式训练学生，可增强学生思维的逻辑性和深刻性，有助于培养学生的批判性思维，推动高中语文教学的思维转向，有利于培养具有理性、开放性精神的创新人才。

就写作而言，20世纪初才开始有了现代意义的写作教学。叶圣陶的《作文论》、梁启超的《中学以上作文教学法》等书籍基本上是按照"西洋文体论——西洋语法学、修辞学"建构的；20世纪50年代至70年代末，是"写作知识"的拓展与系统化时期。"写作知识"脱胎于苏联文艺学的"作品构成论"，由八个部分组成：绪论（总论）、主题、题材、结构、表达方式、语言、文风、修改，俗称"八大块"。它的缺陷在于静态化、平面化。20世纪80年代，研究视点由"文本"转向了"作文过程"，"专著"与"教材"合一，其"可授性"削弱了"学术性"，"学术性"也削弱了"可授性"，不具有"形而下"的可操作性；进入21世纪，则出现了以阅读代替写作的苗头，过分重视文采的语文传统教育也弱化了阅读写作的应然联系、高阶思维训练。语文教科书将阅读教材与写作教材分开编排，阅读写作不配套，导致阅读部分与写作部分出现了很大的裂缝。目前，思辨阅读与写作一体化研究，已然成为国际写作教育的潮流。世界教育创新峰会（WISE）与北京师范大学中国教育创新研究院在北京共同发布了研究报告《面向未来：21世纪核心素养教育的全球经验》。该报告以世界24个经济体和5个国际组织公布的21世纪核心素养框架作为分析对象，提出作为七大素养之一的批判性思维。批判性思维被全球各国普遍提倡，被认为是"思辨性阅读与表达"的灵魂。

"思辨性思维"与"思辨哲学"的思辨有很大的渊源。苏格拉底的"知识产婆术"，柏拉图判断"人是理性的动物"，帕斯卡尔认为"人是能思考的芦苇"，笛卡尔主张"我思故我在",均是思辨的产物。思辨在西方备受推崇,美国哲学会运用德尔菲(Delphi)方法,将思辨界定为:思辨性思维是有目的的、自我校准的判断。这种判断表现为解释、分析、评估、推论以及对判断赖以存在的证据、概念方法、标准或语境的说明。思辨能力训练在国外发展迅速,被西方教育界视为教育的重点。一些重视教育的发达国家,如美国、英国等在该领域有比较成熟的理论体系。

肖恩·沃伦博士认为,思辨是掌握和精通所有学科领域的途径,思辨能力的教学开始越早,学生越能保持清晰的思考、理智的头脑。美国作者埃尔德和保罗的《如何进行思辨性写作》一书就"如何提升思辨能力,并将其应用于写作过程中,从而提升写作效果,使文章更有思想性"做了系统的论述。国外对思辨阅读与表达的研究全面、系统、科学,既有理论指导方面的成果,又有实践操作方面的路径和案例。

国内对思辨阅读与写作表达的研究主要表现为三点:

一是就培养思辨阅读能力进行的研究。如康九星的《思辨性阅读教学的价值意蕴和路径突破》,指明思辨性阅读教学的方法、路径和技能,为思辨性阅读教学更科学地开展提供思路和借鉴;朱昭伦的《中学语文思辨性阅读教学策略探讨》,关注学生思维能力的发展,从思辨性阅读教学的角度思考学生思维能力发展与提升的教学方法;方婷的《建构思辨性阅读课堂的教学方式探究——以高中文言文为例》,以提升文言文教学质量为目标,采用行之有效的教学方法来建构思辨性阅读教学课堂;张陈卫的《高中语文项目化教学中思辨阅读的实践研究》,指出在高中语文项目化教学的实施过程中,教师可以以思辨阅读的教学模式为主导,设计有针对性的阅读教学提问,引导学生深入剖析文本,构建思维冲突,锻炼学生的思辨能力。

二是就培养思辨表达能力进行的研究。如余党绪的《说理与思辨——高考议论文写作指津》,朱昌元主编的《高考思辨论述文写作》等都是对高考思辨论述文写作进行的全面研究;张书军的《热度 角度 高度——思辨性写作中素材审美的时代性思考》尝试构建富有思考辨析特点的写作教学课堂;王虹的《情境协作,图式推进——论述文写作提升思辨力的实践研究》、吴艺娜的《议论文写作中的思辨能力培养》在实践中探索了在课堂上如何培养思辨写作能力;翟红蕾的《如何提高高中生写作中的思辨能力》、陈永艳的《语文核心素养要求下的思辨性写作教学策略研究——评〈高中作文·哲学思辨与议论文写作二十课〉》、郑可菜的《思辨写作策略与教学支架创设》等研究从不同的角度探索了在课堂上培养学生思辨写作能力的策略与途径。

三是就思辨能力培养中日益暴露出的问题进行的研究。研究认为社会和教师对学生思辨缺乏了解,对思辨能力的培养不够重视,学生思辨写作效果不佳。如彭方的《基于思维发展视域下高中语文思辨性写作教学研究》的研究成果就是针对已经暴露出的问题,探究有效的解决途径。郭成波的《谈"思辨性阅读与表达"能力的培养——以〈项脊轩志〉为例》、黄剑的《思辨能力:思辨性阅读与表达任务群设计的出发点与旨归》、王菊莉的《践行思辨阅读,让能力扎根思维意识中》……这些研究者大多集中在比较发达的地区,不少研究者虽为一线的教学工作者,但自身具备很强的教育教学研究能力,在自己的教学实践中,遇到了难以解决的困难,并着手研究,探索解决问题的办法和策略。

综观已有研究,我们发现两点:第一,培养学生思辨阅读与表达能力已成一种国际化趋势,而且大量研究表明,实施思辨阅读训练与思辨表达训练都已经取得了一定的效果,但是思辨能力如何在课堂展开有效训练方面的问题还有待深入具体的研究。第二,现有资料中,尚未发现在课堂上对思辨阅读与表达进行一体化训练的研究成果,尤其是针对高中生这一群体所进行的适应性研究,这就意味着我们有必要专门针对高中语文课堂思辨阅读与写作表达的有效训练形式进行深入研究。

关于高中语文思辨阅读与表达一体化训练的策略与途径等理论成果,有助于革除过往作文写作教学的积弊,打开思路,引导师生进行思辨性阅读与表达,进一步完善该领域的理论。

关于高中语文思辨阅读与表达一体化训练的实践,有助于为如何培养学生思辨能力提供丰富的案例,教给学生"方法性知识""程序性知识"。

对于高中语文教师,"思辨阅读与表达"是课程标准任务群的表述和要求,但是调研发现,这一教学要求并没有引起教师的重视,很多教师没有系统研究过,使用时也很随意。所以这个课题的研究成果,对一线教师会有参考作用。

对于高中学生,"思辨阅读与表达"是一种非常有用的高阶思维方式,这种思维方式对提升学生的创新能力和解决现实问题能力非常重要,学生是该研究最为直接的受益群体。

对于语文学科建设,开展"思辨阅读与表达一体化训练"研究的人还不够多,探索这一领域的实际问题,尤其是教学策略、教学评价等问题,对学科建设是非常重要的。我们的总体框架为:

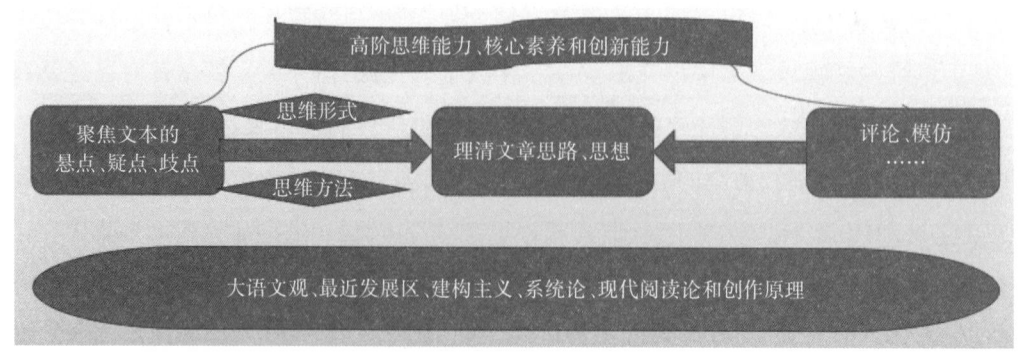

思辨阅读与表达一体化训练逻辑关系图

我们通过聚焦文本的悬点、疑点、歧点等,通过归纳与演绎、分析与综合、抽象与概括、比较思维法、因果思维法、递推法、逆向思维法等,探索出如何进行高中语文思辨阅读与表达一体化训练的教学实践。在教学实践的探讨中,扣住课标关于"思辨性阅读与表达"任务群的表述和要求,借鉴研究批判性思维的方法与技能,多向操作性方面靠拢,教给学生"方法性知识""程序性知识",为更好制订提高高中生思辨能力方案提供必要的理论支持。

通过判断、推理等思维形式和比较、分析、综合、抽象、概括等思维方法的训练,让学生真正学会在写作中讲道理。防止偷换概念、偷换论题、自相矛盾等逻辑错误。激发学生的主动性与积极性,教给学生思辨方法,鼓励学生从不同的角度、运用不同的方法思索问题,在提高思辨能力的同时提高思辨阅读与表达能力。

我们的主要目标是希望用两年的时间进行研究,有效把握高中生思辨思维的特点,训练学生阅读与表达的思辨能力;积极完善思辨阅读与表达一体化训练的策略,提升教师教学水平;合理构建思辨阅读与表达一体化训练的教学模式,提高教学质量与效率。

通过寻找经典作品的疑点、悬点、歧点等,运用思维形式和思维方法,理清文章的思路、思想,然后借以输出评论、模仿写作等手段,训练学生的高阶思维能力,培养学生的核心素养和创新能力。

通过实践研究,有效地解决学生的写作动力问题,解决语文教学读写严重剥离问题,避免出现学生读死书、死读书以及不会学以致用的教学现象,提升学生的思辨能力,提高学生的思辨阅读与表达水平,增强学生的生活体验,激活学生的作文思路。

写作是一个高度复杂的思维过程。在写作过程中，学生需要借助纯语言手段组织段落，考虑逻辑结构，使之条理清楚。发展教师语文教学心理及"读写一体化"教学意识，构建和实施读写互动的教学新体系，总结出思辨阅读与表达一体化训练的基本途径、策略，得出思辨能力开发利用的操作性经验，才能把温暖的"人性"写作交还给写作人与阅读人。

将孩子们的读写置于一个大视域下，以大语文观、最近发展区、建构主义、系统论、现代阅读论和创作原理等科学理论为依据，以学生的思辨阅读和写作内涵为研究内容，以学生阅读和写作能力的双项提升为目标，主要采用行动的方式来开展本课题研究，把思辨阅读与表达有机融合，并进行一体化训练。

当前思辨性阅读与表达方兴未艾，研究者对思辨性阅读与表达的认识往往流于表象，未能触及到思辨的核心问题，甚至偏离了思辨的本质和初心。很多一线教师在开展思辨性阅读与表达培训中存在困惑。本课题研究将从思辨的概念界定、价值意蕴、路径突破展开深入研究，厘清相关概念，指明思辨性阅读与表达一体化训练的方法、路径，让思辨性阅读与表达更科学。

2021年3月29日 星期一 晴

八十二

千里之外的党建

上周周末，我们与沿河"二高"高三党支部联合开展了一次党组织活动——参观沿河县谯家镇黔东特区革命委员会旧址，学党史、悟思想、办实事、开新局，以优异的成绩迎接建党100周年。我们一行九人，驱车40余公里，参观了黔东特区革命委员会旧址纪念馆，其包含红军干部培训所、黔东特区第一次工农兵苏维埃代表大会旧址。

西南大学和西南大学附属中学党委非常重视贵州沿河支教人员的党建活动。用晓鹏书记的话说，党员走到哪里都应当是一面旗帜，哪怕千里之外，有党员的地方就应该有党组织活动。

为此学校专门做了相应的工作部署和安排。比如我校支教人员张勇、向颢、付新民、唐运模捐款1万元用于奖励"二高"高三品学兼优学生；向颢老师和付新民老师专门为高三文、理科单独建班培优；付新民老师在3月的高三成人典礼上做励志主题发言。

此次活动，旨在落实西南大学和西南大学附属中学党委要求，重走长征路，重温黔东革命根据地历史，弘扬黔东革命精神，努力开创支教工作两方学校双赢的新局面。

参观期间，大家先集中听田景刚主任介绍了他的老宅被恢复为全国重点文物保护单位的逸闻趣事。同志们看到当年红军用过的生活用品和他们征战沙场用过的枪支、子弹、手雷、马刀等物品，感慨万分，对老一辈无产阶级革命家的敬佩之情油然而生，深感今天的幸福生活来之不易，纷纷表示要倍加珍惜当下，奋发图强。

随后,我们在庄严肃穆的黔东特区革命委员会红军塑像前,面对党旗,举起右手,握紧拳头,重温入党誓词,以铮铮誓言再次作出共产党员的郑重承诺,永葆共产党员的政治本色。前来参观的其他单位受到感染后也举行了简单而隆重的宣誓活动。

通过参观学习,我们了解了国务院关于划分革命老根据地的标准,了解了黔东革命根据地创建的原因,黔东革命根据地的活动时间、范围,以及取得的一系列成果。黔东特区历时半年之久,胜利策应了中央红军的战略转移,在中国新民主主义革命史上产生了极其重要的影响和作用。红军之所以能在艰苦卓绝的长征中,战不垮、打不败,最根本的原因是大家有着共同的理想和必胜的信念。红军战士有了共同的理想,就有了巨大的精神力量,有了明确的行动指南,就不怕任何艰难,也不惜流血牺牲。他们始终把人民的利益看得高于一切,顽强战斗,勇往直前,无坚不摧。

学习之余,大家纷纷表示,此行深受黔东革命根据地发展历程和黔东革命精神的鼓舞和影响,今后一定要学习黔东红军不怕牺牲、勇于斗争的拼搏精神;自力更生、艰苦奋斗的进取精神,做永葆党员本色的共产党人。坚持习近平新时代中国特色社会主义思想,准确把握新时代教育扶贫的工作任务要求,努力做到不忘初心,牢记使命,以黔东革命精神为指引,合力开创教育帮扶工作的新局面。

2021年3月30日 | 星期二 | 晴

八十三

教育集团内部教师流动

教育集团是一个通过协议或章程而整合的法人或非法人组织。它是以促进校企间深度合作,加强各类教育资源共享,提高教育人才培养质量与优化社会服务质量为目的的联合性组织。

集团化办学重在发挥资源共享、优势互补优势,拓展办学空间,增强整体实力。其实质是想通过集约化发展,快速推进优质教育的均衡化、平民化、普及化。教育集团内部教师流动往往是不受供求关系、金钱利益驱动而自主进行的教师资源调配行为,因而对其研究具有极强的现实意义。

国外一般认为,教师流动现象是在社会、心理、经济,甚至纯偶然等非理性因素作用下产生的一种复杂现象。教师流动作为一种教育资源配置形式,其流动的效果直接影响着以学校为基本教育单位的学区间、学区内部乃至整个教育系统的正常运行。大卫·格林伯格(David Greenberg)和约翰·麦克考(John McCall)认为,影响教师流动的因素包括金钱方面的回报(如工资、奖金、津贴、养老金等)和非金钱方面的回报(如工作环境、工作条件、学生的社会经济地位、个人成就感等)。卡桑德拉·嘉瑞诺(Cassandra Guarino)等学者对美国20世纪90年代以来的有关教师聘任与留任问题的相关实证研究进行文献梳理,在大量统计数据的基础上,从性别、年龄、经验、种族、能力、心理及家庭等变量分析出影响教师选择教师行业、选择离开或留任的因素。克森特通过实证调查研究发现,影响教师留任或离职的重要因素之一是与家人相处时间的长短。安奈格雷特·哈尼斯菲戈(Annegret Harnischfeger)采用统计学方法分析了影响教师流动的个人特点和机构特点。他将影响教师流动的因素划分为五大类型:个人特点、学校特点、学区特征、地区/片区特征及总体外界因素。

纵观我国教师流动问题研究的历程,研究数量逐年增加,多学科、多视角的研究也逐步深入,研究对象也涉及高校教师、中小学教师、农村教师、民办教师。刘立峰、李孝更探讨了我国职业教育集团化办学的现状、问题与对策研究;唐春萍探讨了基础教育集团化办学管理的机制建构;曹连喆、方晨晨探讨了我国基础教育集团化办学政策;俞明雅探讨了基础教育集团化办学的实践困境与破解策略。关于基础教育集团化的研究,理论研究与案例实践研究均取得了一定的成果,研究主要集中在教育集团化产生的研究,教育集团化管理制度及体制研究,教育集团化发展模式研究,教育集团化的成效、经验及问题研究,以及教育集团化发展意义及趋势研究五个方面。

综合已有研究来看,国外有关教师流动的文献大多采用实证调查与统计分析的方法来考察教师流动政策、项目及其影响因素,为我们提供了科学的理论参考。国内的教师流动对基础教育集团化的实践有一定的解释、指导和启示作用。对新出现的教育集团内部教师流动还有待进一步研究探索,具体表现在:理论方面的研究不够深入,对于事实的解释力不够强、实践指导作用有限,案例研究不够丰富,缺少大数据下的实证研究。以教育学为视角的教师流动研究最为深入,以社会学、经济学、管理学为视角的研究还有很多具体问题须做进一步的理论探讨,某些结论还需要实证验证,研究仍需深入。因此,研究思考教育集团内部教师流动的特殊性及其问题指向,教育集团内部教师流动的主要影响因素,教育集团内部教师流动所引发的管理问题以及如何完善教育集团内部教师流动管理势在必行。

为推行城乡教育统筹,教育改革试验强化基础理论研究,为教师流动机制的建立与发展找准定位,规范教育集团内部教师流动机制,有效破解"上好学难"问题。借鉴国内外已有的集团化办学与教育集团内部教师流动的研究成果,构建教育集团内部教师流动机制,以缩小区域之间、城乡之间、学校之间办学水平和教育质量的差距,解决校际间的非均衡问题。

2021年3月31日 | 星期三 | 小雨

八十四

如何面对学习压力

  这几天前来咨询的同学渐渐多了，每年高三的最后时间，注定充满压力。我们如何与压力握手和解，始终保持一种健康状态和奋进姿态非常重要。适度的压力，会激发我们的潜能和斗志，让我们有更好的表现。但来自家人、社会的外在压力过大时，就容易导致过度紧张，造成发挥失常。

  短期压力可以激发人的斗志，但长期压力足以摧毁健康。有同学对我说："老师，我感觉压力好大，有点儿睡不着觉了。有时感觉心跳加速、手心出汗，口干舌燥的。"之所以有压力，是因为孩子们感觉学习效果不太理想，考试成绩起伏大。要告诉孩子们接纳压力、排解压力，也许事情就会朝向好的、积极的方向发展。我能够做的，主要是利用他们相信我的心理，让他们相信焦虑是正常的，要以积极的心态去处理和对待成绩。毕竟失去自信往往就会失去勇气、失去耐心。这时候的测试不是高考，努力了，成绩还下降恰恰应当恭喜，因为又诊断出了自己的一些短板。然而作为旁观者终究没法感同身受，但愿孩子们能排解内心的烦恼，调整好心态，积极面对学习和生活。

2021年4月1日 | 星期四 | 小雨

训诂新解

好不容易有点儿时间静下心来看书。开卷有益。这次看的是训诂学。训诂学在清代是显学,在大学时,宋老师讲这个的时候,我便觉得有意思,加上没有考试压力,所以学得很轻松。那时候我知道了郭璞、孔颖达、段玉裁等人,知道了"两把剪刀",形训、音训真是神奇。

不过我以为训诂就算研究到头了,埋在故纸堆里也没意思。黄季刚先生对"训诂"的新诠释让我耳目一新:"诂者,故也,即本来之谓;训者,顺也,即引申之谓。"这是从训诂的功用而言的,典型的音训。以"故"释"诂"、以"顺"释"训"虽为常训,但这是体系性的整体思考,涉及了训诂学学科本身,这是想从源头角度去解决问题,是了不起的突破。训诂学以语言解释为基础,解释特殊性的古语、方言,从语言文字源流考察以及与形音义联系起来,这意味着训诂学和文字学、音韵学的融会贯通。这个训诂学解释,孕育了现代训诂学理论体系的学术方向。

从某种角度来说,这个解释建立了现代"训诂"阐释的基本范式,让"训诂"真正变成了"训诂学"。

2021年4月2日 | 星期五 | 小雨

八十六

谢谢大家的关爱

可能是昨天《重庆晚报》发表了有关我诗集的介绍吧,一个老同学希望能拜读一下我的诗集。其实那个介绍有太多的溢美之词。我就是在饭后散步减血糖的时候写了一点儿东西,是缙云山和嘉陵江的自然风光以及北碚的风土人情,激发了我灵魂深处的某些东西。诗和远方是我们现实生活所缺少的,我就是用我的节奏、眼睛去看世界、看生活、看未来。

生活中有太多的不确定因素,我们必须坚定热爱生活的理由和勇气。诗意与远方有时就在身边和脚下,不需要四处奔波。只要有心,我们就可以感受到不一样的心情和人生。闲暇的时候,我们不妨听雨,掩上门扉,任凭窗外风雨交加,只守着那片刻的安稳和宁静。把走过的风景、发生的故事、无尽的美好,在古韵的廊间、乡间的路头,转化成一株隐藏在角落的小草、一朵旁逸斜出的红梅、几丛潮湿的青苔。煮一壶闲茶说过往,留半窗明月看流年。成败无意,得失随缘,唯愿短暂的人生不留下太多遗憾。

感谢李君编辑在诗集出版过程中的倾情付出,也谢谢张昊老师的推荐,更谢谢蒋登科老师重新把我拉回文学圈,让我得以摆脱日常的庸俗。

2021年4月6日 | 星期二 | 阴

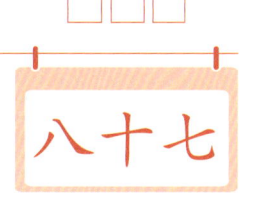

早起的虫子被鸟吃

和同事聊教育，他谈到了这样一种现象，有些人只知道早起的鸟儿有虫吃，不知道早起的虫儿会被鸟吃，这的确是一个很有意思的话题。

鸟的目的是和别的鸟竞争，抢虫子吃。它的方法就是早起，抢在别的鸟吃之前出发。而虫子的目的是躲避鸟的攻击，所以它早起这个方法是错误的。然而在生态链中谁又能保证自己不是虫子，不是被吃的对象呢？那这样的话难道就不作为了吗？

当我们论述早起的鸟儿有虫吃时，重点在于提出方法。勤奋可以让我们的生活变得更美好。而反驳的点在于提出的方法并不具有普适性。真正的问题在于他的论据和我想提出的论点不匹配。早起的虫儿被鸟吃，晚起就能保证不被鸟吃？这和枪打出头鸟是不是一回事？

我们在教育学生时，让学生辩证地思考很重要。早起的虫儿被鸟吃仅仅只能证明早起不是万能的，但不能证明不早起是对的。

其实同事后边的落脚点在"会哭的孩子有奶吃"。可见同事其实是一个逻辑思维非常严谨的人，日常生活中我们有多容易不讲"道理"，我们很容易被语言引诱而丧失正确的、正常的判断。任何话语都有作用条件和范围。给自己不勤奋找借口，以此好心安理得肯定不对，而一个只知道勤奋的人，很大一部分劳动果实可能会被更强大的人获得，这也是真的，所以关键在于认清自己是捕食者还是被捕食者，然后找到最合适自己的机遇和位置。

八十八

2021年4月7日 | 星期五 | 雨转晴

一起解决发展中的问题

西南大学领导带领"智囊团"要来对口帮扶单位,大家都忙开了。从接待行程安排到准备汇报材料,从安排访谈对接人员到梳理帮扶内容。

说实在的,不是我们自夸,我们的帮扶在几所师大附中里是做得最实、效果最好的。我们蹲点毕业年级,举办研讨示范课与专业讲座,每周还坚持给毕业班义务进行培优辅导。

通过结对帮扶、课堂跟踪和专家对"徒弟"的"备、教、辅、批、研"的全方位辅导,"二高"50多岁的老教师田仁文也爱上了教研,以前从不关心教研工作的他有了自己的校本研究课题——"语文的魅力",走上了教研之路。他们还设立了助学金,共同捐助1万元奖励"二高"高三学子;向颢老师之父——北川退休老教师向明义老先生也为"二高"高三学子捐款1万元;我个人捐赠价值13500元的300册图书给"二高"高一、高二的优秀学子。这些义举给高三的寒门学子雪中送炭,在孩子们的心中播下了感恩的种子。我们坚信在将来这些孩子一定会延续这份爱,懂得感恩,回馈社会。

资源互通,优化生源;资源互享,造福教师;携手前行,未来可期。在今后的日子里,希望我们培育出的种子可以持续产生教学效益。

2021年4月8日 | 星期四 | 雨

八十九 "娘家"来人

今天西南大学的领导和专家一行十人要来沿河。可惜他们的行程非常紧,一抵达沿河,就到教育局参加座谈会。要知道将近6个小时1000余里的车程,还是非常累的,明天一早,他们又要到"二高"调研,还要参加赠书仪式和分组调研座谈会。

感谢西南大学对我们支教工作的重视,千里之外还想着咱们,也希望西南大学派更多的专家来支持支教工作,众人拾柴火焰高。

西南大学重视,我们也要给西南大学长脸,接下来的几个月我们有更多的事需要去落实,尤其是要肩负起培养"二高"师资的重任。

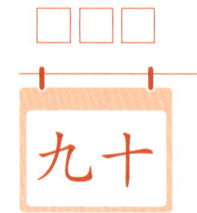

2021年4月9日 星期五 阴

说情大战

"老师,我的孩子能不能在你班上来蹭一下课,他成绩不太好。"

"老师,我侄女成绩不错,不过这次没能选到你的班来,能不能通融一下?"

"老师,我有个亲戚想来补一下语文,能不能挤一个进来?"

我不好拒绝,叫他们跟年级组长说。都已经快一个月了,人还在增加。听课的老师在增加,听课的学生也在增加。相信听课的人自己知道自己有没有收获吧!

累并快乐着……

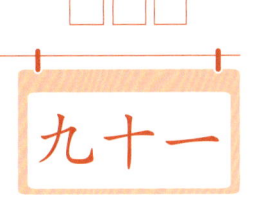

2021年4月12日 | 星期一 | 阴

总结发言速记

九十一

感谢教育局对我们的关心，"二高"对我们的安排，附中、西大对我们工作的重视，欧校多次指示、关心我们的支教工作，尤其是基于综合实践活动的生涯教育在"二高"正式开课，这与领导的重视密切相关。

教育局局长亲自嘘寒问暖，把水果送到我们寝室；黄局长提供并搭建了师大附中支教联合体交流平台；冯校长礼贤下士，到办公室来核实张宏老师的名字怎么写，私人宴请我们吃饭。西大千里相送，千里来看望，附中主要领导都来看望我们。

感恩附中、"二高"给我们提供了平台和机会，让我们有成就感，全面锻炼了自己的管理能力和带团队的能力。教育局让我们给全县老师作讲座，听课的老师邀请我们到家做客，以隆重的礼节唱沿河土家祝酒词欢迎我们。这无疑激发了我们的潜能，逼我们更优秀，我们的理论素养得以提高。西大基教处让我们的教育理想情怀与现实完美结合，让我们站在更高的高地审视教育，实现教师向专家型、学者型教师转型，实现了自我超越，这种履历经历将让自己终身受益无穷。

我们承诺扎实工作，兢兢业业，毫无保留，发挥润滑油作用、沟通桥梁作用，共同为国家教育扶贫战略、乡村振兴战略添砖加瓦。沿河已经成为了我们的第三故乡，有很多很多美好的回忆。

祝愿合作更成功，祝愿大家万事如意！

2021年4月13日 | 星期二 | 阴

九十二

点燃群文阅读

今天我对全县的高中语文教师进行了群文阅读培训,上午主要是针对两堂群文阅读课进行点评,一堂是张老师执教的"项羽是否真男人",一堂是石登举老师执教的"诗歌中的音乐描写",两位老师就自己理解的群文阅读做了有益的课堂教学尝试。两位老师教学基本功扎实,从整体上看都注重思路、方法,重难点突出,知识建构相对合理,训练有效,课堂互动活动效果高效,包括时间安排、目标达成都没有大问题,但从群文阅读的角度看,尤其是石老师这堂课,似乎"新瓶装旧酒。"

从大概念构建来看,"项羽是否真男人"是对是否真英雄的降维,好处是学生非常容易谈出自己心目中真男人的标准,而且容易达成共识;不好之处是真男人这个标准与文学母体英雄还是有区别的,而且不容易激活相关知识。其实就是真男人的标准在不同时代不同国家也有不同。从教学环节来看,张老师的课主要包括开场导语,让学生讨论真男人标准;回顾教材《鸿门宴》《项羽之死》;交互性阅读材料,包括成语故事《取而代之》《先发制人》《破釜沉舟》《项庄舞剑》《沐猴而冠》《新安杀降》;提供逻辑谬误样式,让学生分析杜牧的《题乌江亭》、王安石的《乌江亭》、李清照的《咏项羽》、胡曾的《乌江》和毛泽东的《人民解放军占领南京》,也呈现了刘邦、司马迁等人评项羽的文字,课堂知识容量很大。可惜的是学生没有讨论出特别有价值的内容,思辨训练缺乏对评价者的动机、立场、观点等的了解,学生对鸿门宴中的项羽形象也形成了思维定式,以至于结论无悬念、无争议,学生的谈话也欠缺论证意识,高阶思维也欠缺了那么一点。其实抓住文本细节可以发现项羽其实只是想敲山震虎,警告意味浓,如果是这样,整篇文章的理解,尤其是对项羽的评价都会发生翻天覆地的变化。项羽作为楚国的一个真正的贵族,其思考方式必然是考虑"义",考虑民心安稳,当时确实没必要杀刘邦。包括学生讨论到项羽该不该过江东,从农夫指路可以看出项羽其实民心已失,加上他经受挫折能力差等主客观原因,就算他过了江东也未必能成事。总之,"辨"与"辩"的意味差了点儿,课堂生成少了点。

相对张老师的理性、条分缕析,石老师的课更风趣幽默一点儿,课堂点拨很是用心到位。遗憾的是他先搭建支架,以琵琶行为例,介绍了音乐的四种表达方式,后边举了一些相同题材的音乐文章,如《赤壁赋》《李凭箜篌引》中的音乐描写,学生都只是运用这些方法去分析,包括课后作业《二泉映月》《命运》《献给爱丽丝》等,没有真正建构起群文的大概念,更没有深入。这里的文学大概念是意象,再大一点儿是修辞手法、诗性思维。

通过培训,老师们开始接触和深入思考群文阅读,为以后开展群文阅读赛课创造了很好的条件。培训结束后,民族中学张佳校长说的一番话让人特别感动:"原来我给教育局说高中群文阅读赛课条件不成熟,今天您讲了,群文阅读赛课的条件就成熟了,真诚地邀请您做沿河赛课的大评委。要是我们结对帮扶的是你们西南大学附属中学就好了!"

2021年4月14日 星期三 阴雨

九十三

"基于综合实践活动的生涯教育学习实验班"落地

经过充分沟通和协商,酝酿多时的"基于综合实践活动的生涯教育学习实验班"终于落地。此次实验主要选择高一最好的理科班进行,目的是为"二高"培养相关师资提供载体和观摩学习的机会。课程由我来开发、设计和实施,希望能发挥西南大学附属中学的引领和示范作用,带动"二高"教师的专业成长,进一步落实创建品牌班级里的"学习班级",提高班级整体学习水平,培养学生综合实践能力与创新能力。

学校成立了"基于综合实践活动的生涯教育学习实验班"工作领导小组,理科教研组组长跟岗培训学习,领导小组在学校教科室下设办公室,由教学副校长兼任办公室主任,教科室领导兰显耀、田雷具体办公。领导小组成员具体分工如下:

1. 兰显耀、田雷负责实验班建设工作统筹部署、组织协调,资料收集归档。
2. 付新民专家负责实验班"基于综合实践活动的生涯教育学习"授课与跟岗教师培训。
3. 田小敏老师负责班级学生管理。
4. 杜华松老师负责整理和归档授课的影像资料、文字资料,学生考勤。

"基于综合实践活动的生涯教育学习实验班"活动规划:

(1)学习方式:专家授课,课堂教学。

(2)学习时间:星期三、星期四的自习课时间。

(3)学习内容:基于综合实践活动的生涯教育学习,具体内容由付新民专家根据上课需要确定。

2021年4月15日 | 星期四 | 阴转晴

学校工地热闹起来了

　　平时上课期间，校园如果有噪音，绝对是不能容忍的事。不知为什么，最近大型挖掘机进场了，我居然很高兴，因为"二高"的基建耽搁时间真的太久了，已经十多年了，正常情况下，建三四所学校都应该完成了呀。可以说，这是"二高"最大的民生工程。早点儿建好吧，好快速地改变学校办学条件，学校的办学水平也借此上一个台阶。

　　学校大门口的边坡开始整治了，办公楼下面裸露多时的管道、平台开始织钢筋网了，继续期待，继续享受这"动人"的噪音。

2021年4月16日 | 星期五 | 阴

九十五

失败了就不再功利了

我因为没有英语六级证书,这次申请博士又被退了回来,虽有挫折感,但也彻底断了我功利地学习英语的念头。

从此,我学英语就是为了深入了解英美文学、文化,为自己打开另一扇窗!我能顺利读懂英美原著,又何须证明给他人看呢?

2021年4月19日 | 星期一 | 阴

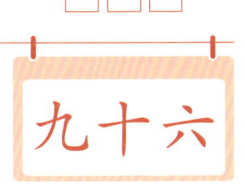

甘溪的神奇体验

昨天跟着"二高"陈主任一行人去了甘溪，采了好多红红的"牛猫"，"牛猫"其实学名叫三月枣，又叫羊奶子，它营养丰富且味甜，是山区农民喜欢吃的一种野果，像迷你猕猴桃。据说这种野果有降血糖、降血脂、抗脂质氧化、抗炎镇痛、增强免疫力等功效。

在云遮雾绕的产三月枣的山坡上，陈主任的羊倌亲戚唤一声"咩咩"，羊儿们就从雾里若隐若现地回应，我也索性学起了羊叫。你知道吗？当大羊带着小羊，长胡子的羊带着羔羊出现在你面前，或者它们在稍平的草地上奔跑的时候，这些画面多么让人感动。我突然想到了电影《少林寺》插曲："日出崇山坳，晨钟惊飞鸟。林间小溪水潺潺，坡上青青草。野果香，山花俏。狗儿跳，羊儿跑。举起鞭儿轻轻摇。小曲满山飘，满山飘。"以前对这歌词不甚了了，只是觉得写得好，今日才有了全新的体验。

这是一种神奇的体验，羊倌告诉我们，这里的山相对贫瘠，没人耕种，现在这里都出现了大型野猪，有獠牙的那种，200~300斤。他还兴奋地教我们辨认野猪脚印："平时放羊都不怕，晚上也不吆羊入圈，就怕被野猪猎杀。一个人不拿武器还对付不了野猪呢！"

晚上在"二高"一个美术老师的老家吃晚饭，大锅大灶的，腊肉、菜豆腐、糍粑，我感觉完全融入和适应了山村的生活。

我为什么那么热爱这里的山山水水？因为我对革命老区这片土地爱得深沉。

2021年4月20日 | 星期二 | 阴

九十七

捐书仪式与写作教学讲座

今天,在综合楼二楼会议室举行了我赠送给"二高"学生和老师图书的捐赠仪式。我将一批共300册的图书、文献无偿捐赠给了"二高",这些图书对于激活"二高"老师和学生的研究、学习热情起到了一个好的作用。授人玫瑰,手有余香,奉献爱心,收获希望。老师代表张露丹和高二3班的学生代表的话让我深受感动,他们希望"二高"人逐渐形成捐资助学的良好风气,进一步弘扬无私奉献精神和关爱互助精神。得到捐助的学生愿意把爱心化作学习的动力,用优异的成绩回报社会。我也希望这个"火种"能够在学校永远传递下去。

捐赠仪式上,我也进行了讲座。讲座的内容主要围绕一句话——写作是什么,是"悟",是"修词"。从创作的角度跟老师和同学们交流了一些写作经验,比如要重视过去式开头的写作,要抓住叙述的精髓、典型化细节,以故事说人物,以人物说历史,以历史说文化,以文化说人性。

2021 年 4 月 21 日 | 星期三 | 阴

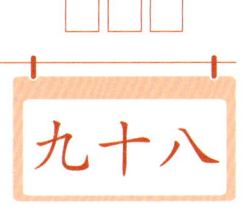

附中欧书记要来

今天获知欧校长要来看望我们,开心!

任何一所学校,尤其是名校,都要履行社会责任。一所名校的社会责任感决定了它最终能够走多远。教育工作者如果不具备社会责任感,那就只能是"教书匠",而绝不会成为教育家。西南大学附属中学是一所有情怀的学校,欧校长也是一个有思想的教育家。他不日将亲自前来看望我们,我们沿河支教的几位老师奔走相告,把他的到来看成是对我们工作的检查、督促和验收。

期待中……

九十九

2021年4月22日 | 星期四 | 晴

基于综合实践的生涯教育学习开课

　　基于综合实践的生涯教育学习今日开课。刚走进2023级1班教室，就被同学们和老师们学习的热情感染了。同学们站着读书，老师们已陆续在后排就坐。

　　我先讲了综合实践课在初高中的不同叫法和内容，然后举例说明研究性学习和生涯发展的关系，如何观察、研究、解释现象，如何破除对创造发明的神秘感，从而使我们学有所获，改善我们的生活，提高我们跨学科思维的能力。

　　因为所有的内容近乎都是以例子的方式来进行教学的，所以学生的情绪非常饱满，参与感和互动性很强，有个学生还现场解决了很复杂的问题，完全达到申请发明专利的水平。下课后生物老师、历史老师、计算机老师都围了过来，感叹课堂的水乳交融。

　　因为开了一个好头，我相信基于综合实践的生涯教育一定可以像火种一样留下来，以后成为"二高"的一张名片。

2021年4月23日 | 星期五 | 晴

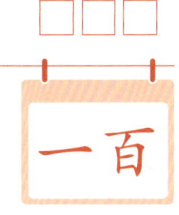

一百

我们运气真好

"我们运气真好,能够和西大附中结对帮扶,"欧阳校长如是说,"宣传部部长都说'西南大学附中帮扶太典型了,不像以前那些来帮扶我们的。西大附中是真沉下来,实实在在地从长远角度来帮我们的',我们一定要创造好条件,妥善安排好专家们的生活。"

我能够感受到"二高"老师的真诚和热情,我们也倾囊相授。不仅听课的同学感受到了力量,听课的老师、听讲座的老师也同样感受到了前所未有的力量。

从教研组的建设到备课组的推动,从年级的培优到学生创新能力的培养,从老师们的反馈到教育局的推广,我们用汗水和智慧赢得了尊重,赢得了好的口碑。这让我们觉得,再多的付出都是值得的。我从来不喜欢豪言壮语,也不喜欢矫揉造作,但这次,我真要说,是"二高"让我获得了更高的价值和意义,也让我明白了专注、专业的力量。谢谢"二高",谢谢沿河,谢谢这一百多个日日夜夜。

2021年4月24日 | 星期六 | 小雨

一百零一

三十多分展歌喉

如果算上节假日,我们在沿河已经待了接近六个月了。好山好水好寂寞,我一般是不喜欢唱歌的,除个性使然外,还与自己没法唱高音有关,音稍高一点,就把握不住,不过今晚我唱了。一则大家都高兴,那些音乐老师唱歌在自动评分系统上的评分也才三十多分,而我还可以唱到六十多分。二则这里唱歌纯粹是娱乐,也没人因为谁唱不好而瞧不起谁,关键是那种快乐的氛围很感染人,尤其是黄大哥唱歌时那投入的表情,以及不看屏幕歌词也能打动人的演唱,是自动评分系统没法给出的。

所以我们一路"哼哼唧唧",从20世纪80年代的怀旧老歌唱到了可可西里情歌,感觉人都变年轻了。

由此,我想到了我们的教育,告诉学生最精华的、最真的就一定是最好的吗?人活的是一种心态,更是一种感觉,这些对学生的感染影响才更持久、更有效吧!

2021年4月26日 | 星期一 | 阴

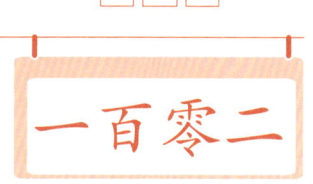

一百零二

如何优化升学资源

这几天我一直在思考一个问题,如何才能优化升学资源?在日益重视生涯教育的今天,升学资源已然成为高考决策的重要参照点,这些资源不仅包括自身和家庭以实物(或非实物)形态存在的因素和条件,也包含这些因素、条件背后的使用价值和运用空间。如何科学地以需求为导向,使资源建设从散点行为提升为系统行动,需要客观全面地评估认识自己,提升自我效能感。

自我效能感来自自我评价、信息搜集、目标筛选、职业规划和问题解决等多方面,从某种角度上说,升学资源优化的过程就是自我效能感的提升过程。

最先和最后的胜利是征服自我,只有科学地认识自我,正确地设计自我,严格地管理自我,才能站在历史的潮头去开创崭新的人生。自我评价在加德纳的多元智能理论中被称为"内省智能",具有自我诊断功能、自我反馈功能、自我激励功能。

长期以来,我们不太重视学习者的自我评价。全面、综合地反映自身的发展程度,激发学习动机,提高学习个体的自我调节和控制的能力,改善学习生活现状,提高学习效率,培养学习个体的主体精神,促进学习个体个性的健康发展,这些对我国正在全面推行的素质教育,都具有十分重要的意义。

从生涯发展的角度来说，我们需要有存在性自我评价能力，即对生命的价值、生存的意义、生存的成本、环境的创建与保护的认识。需要有技能性自我评价能力，要意识到：实际问题多么复杂？实现目标有多么困难？方法手段多么有限？时刻提醒自己：别人想到了我为什么没有？别人做好了我为什么没有？别人想得多我为什么想得少？别人做得好我为什么做得差？不断审视自己想过的问题和做过的事情，及时作出开放性的评判。需要有管理性自我评价能力、发展性自我评价能力、自我教育和自我控制能力。

信息搜集与运用的过程，其实是培养一个人的观察能力、理解能力、运用能力的过程。搜集资料不是单纯地查阅，而是一种学习、一种能力、一种习惯、一种情感，更是一种价值观。

有的同学搜集了许多信息但不知道哪些信息可用，哪些信息无用，可用的信息又应该在什么时候用，该怎么用，就会像无头苍蝇一般，不知所从。我们可以通过搜索引擎来查找资料，如百度、新浪、搜狐、知乎等这些大型的网站，搜集自己所需要的信息，对资料进行分析、鉴别，删除无用、无关信息，收集有用、相关信息，从而进行整理、归纳、筛选、重组。在高考报考中，我们要收集的信息包括专业排名怎样？专业就业容不容易？收入好不好？工作环境怎样？压力大不大，累不累？学校的教学水平如何？排名怎样？地域在哪里？大学是否为"985""211"院校？这个学校每年的报录比怎样？这个学校的招生计划数怎样？学校是否保护第一志愿？

在报考时，我们要进行目标筛选，消除偏见。防止从一所大学的名称上去认识大学，即"望文生义"，而不是从学校的内涵上去了解学校。为什么要了解高校的前世今生呢？究其原因，当然是多方面的，但解决棘手的生源问题是不少高校更名的重要原因。由于把冶金、纺织、煤炭、矿业、船舶、粮食等院校改为理工、科技、工业、金融、工程、财经等大学，把某地级市学院改为某省大学后，生源马上就多了起来，因学校冷门、偏僻而导致生源不足的尴尬局面也很快得到了扭转。更改校名的好处立竿见影，难怪众多高校"乐此不疲"。所以，了解高校的前世今生，是升学信息筛选时的"必修课"。

我们要避免犯一些低级错误。比如看校名定地域，一看到四川外国语大学，就认为该校的所在地是四川成都，殊不知该校的所在地是重庆；一看到中国美术学院，就认为该院的所在地是北京，殊不知该院的所在地是浙江杭州；一看到中国刑事警察学院，就认为该院的所在地是北京，殊不知该院的所在地是辽宁沈阳……比如看校名确定工作去向。一看到外交学院,就认为自己毕业后就业就去外交部;一看到中央司法警官学院,就认为毕业后就业就去司法部;一看到中央财经大学,就认为毕业后就业就去财政部。殊不知这些都早已成为历史。再如,他们往往一看到是农业类院校,就觉得所有专业一定与"农"相关,甚至认为将来就业也难逃"农"口;有的认为师范类院校专业就是语、数、外等专业,出来也只有当老师;一听矿业、地质类的大学,觉得从学校出来就是做采煤、挖矿或翻山越岭去搞勘探工作……诚然,这些院校有这些方面的特色专业,但很多院校在专业设置上都充分考虑了市场的需求,所以专业的覆盖面越来越广,就业不一定是农业、师范或地矿行业,而且随着社会发展,农业、师范和地矿这些行业,其工作内涵和环境也不再等同于传统概念上的工作内涵和环境。

磨刀不误砍柴工。目标筛选,就是要正确识别大学,要了解学校的办学历史、发展过程;学校是属于本科一批招生还是本科二批招生?是否属于"985""211"院校?学校的强势学科、特色专业和课程有哪些?是否有重点学科?师资力量如何?总体就业率怎样?保送研究生或考研录取的比例如何?文理科是否均衡?等。文理均衡,学生就有了具备完整的知识结构、全面发展的客观条件;重点学科能反映职能部门对学科的认可度;院士、教授的水平和数量是大学整体实力的重要指标,如果你报考的学校或专业师资力量强大,那么你在大学的几年就可能享受到质量较高的教学服务,学到更多、更扎实的东西。就业率、就业层次和就业地域的差别将直接关系到你未来的去向。

当然选择高考志愿并不仅仅是选择学校,更重要的是选择好专业。高校的本科招生有14个学科门类:文学、艺术学、历史学、教育学、哲学、经济学、法学、管理学、理学、工学、农学、医学、军事学、交叉学科。同时在每个学科门类中又包含有若干个学科类,非常有必要从专业去识别大学。

信息筛选,意味着要深入了解专业的内涵。专业培养的目标是什么?专业培养要求(毕业生应获得的知识与能力)如何?有哪些主干学科、主要课程?主要的实践性教学环节有哪些?研究领域、师资队伍、科研特色以及就业与升学前景怎样等。

只有真正了解专业内涵,我们才真正明白自己将要学什么,毕业以后做什么。这样可增强自己学习的主观能动性,有助于学好、学深、学业有成。这样才能将自己最没有兴趣甚至厌烦的专业淘汰掉,才能避免或减少凭想当然、望文生义填报志愿所带来的后悔与无奈。尤其是现在,随着人才与市场的挂钩,一些新专业应运而生,其专业名称很有吸引力。有些大学为了在招生时能吸引考生,将一些不易吸引考生的传统专业的名称改成了很"前卫""动听"的名称,如在专业名称中加上了"国际""工程""技术"等诱人的字眼,吸引了大批考生报考。例如,某省曾有一位获物理竞赛一等奖的考生,看到某所以工科为主的著名综合大学中的热能与动力工程专业,就想象这个专业应当是研究航天火箭推进器和燃料的,于是抱着从事航天事业的愿望,毫不犹豫地填报了这个专业,入学后才发现该专业就是过去的锅炉专业。虽然锅炉专业也是国家建设所必需的专业,但他对此专业的学习毫无兴趣,且由于该校是工科院校,专业面很窄,转系、转专业非常难,因此后悔不已。对于少数新增目录外的专业,考生和家长一定要高度警惕。

职业规划包括职业定位、目标设定和通道设计三个要素。职业生涯规划的好坏可能将影响整个生命历程。

职业生涯规划要遵循喜好原则。只有这个事情是自己喜欢的,才有可能在碰到强大对手的时候仍然坚持;在遇到极大困难情况时不会放弃;在面对巨大诱惑的时候也不会动摇。职业生涯规划要遵循擅长原则。做擅长的事,才有能力做好;有能力做好,才能解决具体的问题。只有做自己最擅长的事情,才能做得比别人好,才能在竞争中脱颖而出。职业生涯规划要价值原则是你得认为这件事够重要,值得你去做,否则你再有能耐也不会开心;职业生涯规划遵循发展原则,首先你得有机会去做,有机会做了还得有足够大的成长空间,这样的职业才有奔头。

职业规划的首要环节是"职业方向定位",其次是"职业核心能力测评"。

分析好自己的性格,做好职业定位、职业目标设定、职业通道设计。

认清自己的个人特质、特点和优势。通过沟通分析与心理测评找到自己感兴趣的职业方向。围绕个人人生理想、愿景以及价值观取向,确立人生及职业目标。根据自己全方位的素质和综合胜任力准确评估个人职业胜任能力,确定自己能做什么。

职业生涯规划关系到个人的发展前途,不要指望别人来对你负责;切合实际的职业生涯规划既是理想的,又是现实的,是理想和现实结合的产物,不要追求所谓的最好,在自己的兴趣爱好不能马上实现时,要学会采取变通的方法;我们不要仅仅考虑到行业、企业和职业如何匹配自己,更要考虑自己如何匹配对方。我们也要树立终身探索的观念。职业生涯规划是过程,不是结果,没有一次就能规划好的职业,必须学会适应变化,及时采取应变措施。

问题解决是资源管理的最后一步,也是最重要的一步。首先,问题解决的基础是找准问题的形成基础。比如我不知道该填什么专业、院校,这是自我定位和自我认知的问题,还是职业生涯目标不够清晰的问题。我真正了解我的兴趣、能力、性格吗?我冷静客观地分析过自己适合什么样的职业吗?我考虑过职业的价值取向,职业情感、意识、风险压力吗?我的目标符合客观实际吗?自身条件允许吗?我有对未来职业生涯的体验和预期/预判吗?其次,问题解决的关键是在力所能及的范围内,找到最优化的方法路径。比如学会预测要报考专业志愿学校今年的录取分数,不是简单的用往年投档线平均法(直接参照往年的录取分数),也不是投档线差法(用往年某高校录取分数,减去批次线分数,得到一个差值之后,再加上今年的批次线,得到该高校今年的预估投档线)。而是应该建立在位次定位法基础上的预测。能够比较学校的特色、差异,为志愿填报做好充分的准备工作,避免志愿填报撞车,避免高分低录甚至落榜。最后,熟悉志愿填报的各个界面,了解志愿网上填报的要求、流程和操作方法。

决策管理注意事项:

我决策的时候是依据考试成绩,或是基于兴趣,还是因为学校的师资。我选课走班的组合专用教室、实验室、设备器材、信息技术、课程等满足需求吗?选课走班组合能给我提供个性化学习的课程资源吗?

我决策时有压力吗?压力会使人在决策中倾向于短视选择,导致冒险或不理智行为。我是喜欢怀旧的人吗?怀旧会促使个体在决策中偏重情感体验,采用基于个人欲望和感觉的感性决策方式。

我决策的时候是否受到情绪的影响?自我决策时,愉悦情绪在损失框架下比在获益框架下诱发更强的风险偏好,悲伤情绪在获益框架下比在损失框架下诱发更强的风险偏好;在预期他人决策时,无论是愉悦情绪还是悲伤情绪,损失框架均比获益框架诱发更强的风险偏好。

2021年4月27日 | 星期二 | 阴

一百零三

妈妈的味道

沿河有一家餐馆，叫"妈妈的味道"，名字特别扎眼，里边的土家菜很地道，这大概就是沿河人心中妈妈的味道吧。我回忆起我妈妈的味道来了。

小时候，家里穷，偶尔有个好吃的，便记忆非常深刻。印象最深的莫过于妈妈煮的鱼。大锅大灶大柴火，先是熬猪油，猪油滋滋地响个不停，等到油渣出锅，先享受品咂一番，然后看着妈妈在雾气腾腾的锅里翻炒一下豆瓣，待豆瓣香气馥郁了，鱼下锅氽水，三五分钟，白白的浓汤和着鱼肉的香味便四散开来。

母亲非常享受看我吃鱼，她老是说鱼刺多，她喜欢做鱼但不喜欢吃鱼，小时候很天真，嘴也馋得不得了，也没太仔细想。

那时候家家户户的稻田很少用肥料，所以下暴雨的时候，拿个撮箕在田缺放水处，很容易搞到鲫鱼、泥鳅等鱼。但那时做饭愁的主要是油。"不想油渣吃，不到锅边转"，母亲常年在锅边转，却从来没有吃过油渣。

即使到了现在，母亲也还是有个习惯，等我吃了，等全劳力（指父亲，老家挣工分时男性一天10工分，女性只有8工分）吃了，她再吃饭，只不过现在她不再掩饰她对鱼的喜爱。

这么多年过去了，妈妈的眼睛不太好，有时碗都洗不干净了，但不管妈妈做什么饭菜，我都觉得可口。四季轮回，儿时的味道却早已奔入记忆的海里。

现在的孩子们，很多父母都到外边打工去了，亲子关系主要靠电话、视频维系，有的时候父母往往靠给更多的钱来弥补心里的亏欠，不知道孩子们到哪里去寻找妈妈的味道？

2021年4月28日 | 星期三 | 阴

一百零四

报告领导，我们站着就是一面旗帜

  记得附中学生刚进学校的时候，培训时大家都会呼这样一句口号："附中形象，我是榜样！"在沿河，我也要这么说，"附中形象，我是榜样！"今天领导到沿河来看望我们，我要告诉附中的校领导，附中人站在哪里都是一面旗帜。

  我们培训着整个沿河的几千名教师，我们激活了支教学校教师们的思维，孩子们也被带到了另一种高度，准确地说，我们最大的贡献是带给了学校师生希望。

  老师们愿意相信我们，同学们悦纳我们，校领导和教育局的领导认可我们，我们发挥了在原来学校想都不敢想的作用。一位老校长动情地说："真要得益于共产党的帮助，让我们攀上了你们这样的好亲戚。你们是真心实意地帮助我们呢！"

2021年4月29日 | 星期四 | 晴

落叶归根到落地生根

沿河这边的教育工作者，留得住的绝大多数都是沿河本地人，或者最多是邻近县的。就像我所帮扶的学校，教师绝大多数都是贵州各个地方学院的毕业生，连贵州师大的学生都招不来，即使招得来也留不住。其实这里教师的待遇比当地的公务员还好，为什么留不住呢？

一是成绩排名前1200名的学生全部到贵阳、铜仁等更好的学校去了。老师们面临教学没有成就感的问题。老师们拼过去拼过来，主要拼的是让学生上个二本，上一本的学生少得可怜。

二是教师专业提升找不到平台和机会。因为县城环境的舒适性和整体无压力的教学环境，教师普遍安于现状，时间稍久一点，有点激情的老师也被同化了。如果你想赛课，可能会先安排要评职称的老师去赛。就算你去赛课，赛课的奖项可能是一种资源。是资源就会有争夺，就会有"江湖"，你未必能顺利出线。关键还不在这里，评委们评判的标准有可能让你根本就出不了线，比如赛课必须要学案，必须按要求的步骤方法讲，你的能动性、教学能力未必能体现出来。有梦想和想法的骨干教师，要么本身上课的工作量就大，培训这些事往往让有时间的老师去，结果追求上进的人去不了，不想上进的人把它当成了修身养性的"旅行"。

三是学校几乎没有自由可支配的经费，无法调动教师的积极性。据说县里财政斥资160亿,学校食堂、超市统一承包给私人了,还有10多年才到期,老师们上高三的和不上高三的,上平行班的和实验班的待遇差距小。

四是学校硬件上去了,软件跟不上。学校每间教室都有一体机,据说有的学校还有价值一千多万的设备还没启封,不知道摆在哪里。设备的使用效率并不高,老师每天去上个课都会提心吊胆,生怕哪里出故障。

五是很多学校中层干部和教师都弥漫着一种习得性无助。

"我们学校就这个样子!"

"老师们都不愿意动!"

"有些东西太先进了我们学不来!"

"我们有很多具体情况。"

如何才能让老师们从落叶归根变为落地生根,为沿河的教育真正发挥更大的作用,把工作变为事业,的确是一篇大文章。

2021年4月30日 | 星期五 | 晴

职称是永远的痛

"姚燕燕事件"闹得沸沸扬扬，相信很多老师都经历过和她类似的痛，只不过我们绝大多数人都选择了沉默。

姚老师理性地选择通过司法途径维护自己的合法利益，这是她的权利，她并没有动谁的"奶酪"，但她的权利得不到维护。过来人都知道，我们这种"被动同意""被迫自愿"的事儿多了去了。本来一个很简单的量化打分就可以解决的矛盾，但这样操作让领导很没有"领导"感，所以不少单位都会平衡，所谓平衡，就意味着破坏规则，也就意味着领导必须要有公心、公信，否则不仅不能调动教师的工作积极性，甚至于会起反作用。

从制度制订来说，我们不能因为现在的职称评聘导致有的一线优秀教师不能脱颖而出，单位就私自修改规则、增加砝码，弹性太大，可能会激化矛盾、滋生腐败，客观上领导也多很多麻烦。

一百零七

2021年5月6日 | 星期四 | 小雨转阴

匆匆

今天学校召我们回去，因为下周一到周三沿河的教育相关领导要到附中考察，要我们陪同接待。这无疑是非常英明的安排。这既是待人之道，也是对我们支教工作的肯定，因为我们工作认真、效果好，沿河县的常委杨部长、教育局局长以及沿河各大高中学校的校一把手全部都要到附中学习观摩。

然而这边我因为兼有高三培优课、高一选修课，感觉请假还是有点儿难为情，毕竟和学生已经建立了非常好的默契，这边孩子们的课又排得比较满，协调还是有难度的，必须要花两周时间才能把落下的课补上来。高三的孩子们总计也只有一个月时间了，我怕他们慌呢！

想归想，做归做，协调好各种关系和时间是成年人的必修课，只是委屈孩子们啦！

2021年5月7日 | 星期五 | 雨转晴

一百零八

酒背后的文化

土家族是一个历史悠久的民族，拥有着丰富的酒文化。尤其是婚丧嫁娶、奉迎宾客等离不开酒。沿河的玉米酒、糯米酒和麻糖水是很有代表性的土家酒。

土家族几乎月月都有节日，而所有的节日几乎都离不开酒。正月有春酒；二月有社酒；三月有祭山酒；四月有牛王生日酒；五月有端阳酒……

别看土家族以前长期生活在大山中，与外界接触少，但他们群体内部却交往甚密，酒成了他们联络情感的不二选择。

土家人从降生就和酒结缘，酒伴随土家人的一生。比如接亲时，男方送一坛酒到女方家，待生小孩后，由娘家用这坛子装上甜酒送去，俗称"今天吃火酒，明年吃甜酒"。小孩出生后，要办酒席叫"祝米酒"，满一个月时要办"满月酒"，满周岁时要办"抓周酒"。老年人过生日，办的酒席叫"整生期酒"。老年人过世，要举行跳丧活动，边唱边饮酒吃黄豆，叫"喝黄豆酒"。至今很多土家人还保留着有事必有酒，无酒不成席的习俗，传承着"家家会酿酒，敬老先敬酒，请客必有酒"的风俗。

所以，酒不仅是认识和了解土家族整体文化的一个有效途径，更是土家族丰富的民族风情的重要组成部分，对研究土家族民族文化具有很好的参考作用。

不过在沿河的日子还好，他们虽然也热情劝酒，但都很文明，如果饮酒实在困难，他们也不强求。

一百零九

2021年5月8日 | 星期六 | 小雨转阴

使人成熟的，不是岁月，而是经历

回顾沿河支教的这段日子，感慨颇多，在出发支教前，我设想了很多情节。比如交通闭塞，路途遥远；校舍环境差、漏雨，冬天很冷；课桌是用几片木板拼凑起来的，书本、课外读物极为匮乏。到达支教点，踏上这片土地，才发现这里的硬件已经发生了很大的改变，尤其是多媒体设施，和我们重庆主城区的学校已没有太大的差别。天真蓝，空气真好，倒是预料到了；孩子们都非常热情，非常的质朴和善良，也预料到了。

这里真正差的是软件，是观念，是教学技能，是对教育教学方向的把握。老师们、同学们对知识的渴求，让我产生了巨大的动力，说实在的，这里需要我，这里更能体现我的价值和意义。在这里，永远不会有职业倦怠。在这里，心灵永远是晴空。

2021年5月10日 | 星期一 | 晴

师恩难忘

都说感恩就如同阳光一样，能够带给我们温暖与美丽，只要长存一颗感恩之心，我们就会拥有一切美好的处世品格。昨晚黎松宴请中学的班主任欧阳老师，居然拿出了窖藏46年的白酒，喝得欧阳老师乐开了花。

现实中说师恩难忘可能有些空洞，但如果时隔十多二十年还记得，那一定是真正的温馨和温暖。生活，有时候让我们在不经意间泪流满面。

学生能力有强弱，性格也千差万别，他们如果有一颗感恩的心，才是人类心田中最真、最善、最美的种子，才能真正让教育走向更美好的未来。教师如果没有教会学生学会感恩，再多的知识传授也是白搭。

一百一十一

2021年5月11日 星期二 晴

做好东道主

本周学校举行"三新"背景下的普通高中教学管理研讨会,探讨教学管理、核心素养,立德树人、五育并举,办学活力、育人方式、评价改革、教师能力,新高考、新教材、新课标,共研共商高中变革。沿河教育大咖全数出席,我们全程陪同,做好东道主,倾力促进课程改革。陪人比上班还累,不过前来学习的老师纷纷反映收获满满,我校教学上的特色、教师的风采以及良好的后勤服务给与会老师们留下非常好的印象,这让我觉得这一切都是值得的。

2021年5月12日 | 星期三 | 晴

一百一十二

《祝福》观摩课后有感

昨天听了两堂《祝福》同课异构的观摩课，感触颇深。一位同行说这是气宗和剑宗的区别，乍一听确实很有道理。小说本身很长，要在一节课中呈现出效果，本来就有点儿强人所难，但通过一定方式梳理出情节，又是必需的。我校老师的课非常巧妙地通过表格捋清了情节，兄弟学校则借助小说中不同人物视角来捋清情节。捋清情节这一环节，我校老师是现场生成的，另一老师是提前布置的作业，所以现场效果我校的看起来明显要好一些。兄弟学校的课堂则显得有些沉闷机械，但前边布置作业的环节落实到位，学生思维的深度相信也是足够的。

剑宗和气宗并没有强调自己只练剑或只练气，而是强调以其中一种为主，另外一种为辅，更侧重哪个罢了。强调学习要有所侧重，其实是很常见也很合理的理论。单独从理论上来看，似乎剑宗气宗的理论都是非常合理的。那么哪个正确呢？到底是剑宗强还是气宗强呢？附中更强调大语文观，养浩然之气，腹有诗书气自华，兄弟学校更强调"器""剑术"、成绩。然而从课堂本身来看，我还是更喜欢附中的课堂，行云流水般，虽有小瑕疵（对学生的评价玩笑可能会有负面影响），但整堂课目标清晰，过手到位。不像兄弟学校那样，起先我以为上课老师是要通过不同视角发现"我"这个角色揭示主题的重要性，后来以为上课老师是想介绍复述课文的技巧，几经转折，不知所云，并没有达到剑宗的目的。

一百一十三

2021年5月13日 星期四 晴

不要对孩子太好

很多年轻的父母都错误地认为爱就是一种无微不至的关怀。其实，无比舒适的爱就是一个"陷阱"，孩子一旦陷进去，就很难再走出来，很难掌控自己未来的人生！

我的侄儿是"散养"，才九岁父母就"逼"他自己起来做早饭，学习成绩家长从来不管不问，现在他已经在他们县中当数学教师了，孩子独立能力特别强，是个不折不扣的暖男。

我们的孩子养得要娇贵些，物质和金钱上有求必应，但给他精神上的满足却不够，孩子不愿意吃苦，怕经历困难和挫折。虽然孩子也听话、孝顺，但总觉得欠缺了点什么。后来我终于明白，真正有远见的父母，多少都会带点"狠"，都带着点绝情，毕竟父母终究不能陪伴孩子一辈子。

2021年5月14日 | 星期五 | 晴

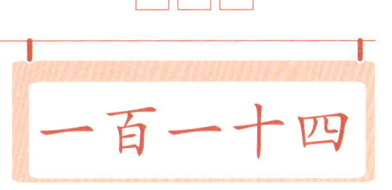

升米恩，斗米仇

有句俗语为"升米恩，斗米仇"。用在教育上，我认为是指不要无条件、无原则地对学生好。为什么呢？现在的很多高中学生都是独生子女，父母们往往很难"狠心"地推一把，让他们走向独立，结果让孩子在精神上不能脱离母体，最终成为"巨婴"。让孩子失去独立成长的机会，这是大多数独生子女父母都有的问题。有些孩子已经习惯父母过度的关爱，学校教育一不如意，他们往往就会变得难于相处。有些孩子因为缺少与兄弟姐妹相处的经验，和同龄人相处会有一些问题，往往更容易产生冲突，所以对老师来说，把握和学生的距离很重要。至少不要让学生觉得，你对他的好是无原则的、天经地义的。让孩子学会社会交往规则也是教育的一部分，是教育的重要内容。

2021年5月17日 星期六 阴

一百一十五

一场特殊的测试

一个朋友托我教育她的小孩，因为她的小孩马上要上初中了，她希望我对其进行素质测试，以此提升孩子的学习能力，纠正孩子的不良习惯。于是我就打着综合素质测试的名义，问了孩子一些问题。

朋友的小孩虽然才五年级，但身高已经有一米七左右了，这是典型的身体长得快，心理发育却未跟上。

我先测试了孩子的读书习惯和能力，利用《西游记》告诉了他读书的技巧和方法，读书要有整体意识，要了解成书的时代。然后测试了孩子的写作能力、复述能力，告诉了他写作的真谛和努力的方向。最后通过测试艺术特长的方式让孩子唱了首歌，孩子脸憋得通红，唱了首国歌，看得出，孩子还是比较内向腼腆，唱歌的时候声音很小，而且不停地扯自己的手指。

我在想，幸好家长懂教育、懂引导，要不这孩子的很多问题可能在小学阶段都得不到解决。因为现在小学划片招生，老师们的压力小了，对学生的要求也降低了，即便这样，划片招生也只是为素质教育提供了某种可能，素质教育还是需要家校配合。

素质教育对老师的要求其实也更高了，因为腾出来的时间可以做更多的素质拓展，老师也要跟上节奏才行。

希望这次交流能让这孩子有所收获。

2021年5月18日 | 星期一 | 阴

一百一十六

记者来访

今天下午,《贵州日报》的施记者来到"二高"采访。如果不是兰主任告诉我,我还不敢相信这是真的,因为快一年了,我好像也没做出什么惊天动地的大事,怎么就来采访我了?

仔细一梳理,如果说真有什么成绩,我不过是针对全县老师做了一些通识培训,不过是激发了老师们职业、专业发展的热情,告诉了他们提高教学教研能力的方法和路径。说到底,是响应了国家的号召,真正沉下心来干了教育人应该干的事。

我生性腼腆,并不善于和媒体朋友打交道,就事论事地、实打实地回答了记者的提问,希望没给学校丢脸。

一百一十七

2021年5月19日 星期三 晴

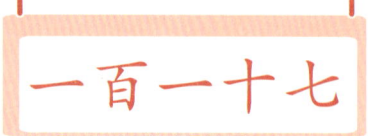

奇怪的赛课

得一等奖的老师用得二等奖的老师的课件去参加更高一级的赛课，关键是还没有得二等奖的老师讲得精彩，偏巧又被别人知晓了，这下尴尬了。作为局外人，我觉得有几件事情需要梳理。

1. 既然觉得一等奖的赛课更佳，那为什么要用二等奖的原创课件？
2. 得二等奖的老师的课件有知识产权吗？
3. 原赛课评奖本身有没有问题？如果有，是哪个环节出了问题？是评委还是机制，抑或都有？
4. 这个事情该不该私下解决？该如何解决？就是取消比赛资格和道歉吗？如果道歉，怎么个道法？
5. 该处罚哪些人？这个事件对县上的教师专业化发展有多大的影响？

2021年5月20日 | 星期四 | 晴

分工合作

　　学员自愿报名，有三个人愿意继续深入教育科研。我根据学员的现有能力水平，把现有任务分成三个部分，一是根据申报书和结题要求撰写课题研究报告，二是编写生涯教材，重点写"我的资源我做主"这单元，三是评价硕士论文，学会判断论文的好坏。

　　给大家的时间是一周，一周后我们汇总交流，互相学习借鉴，我来点评，希望这样可以让他们真正掌握科研的方法和技巧。

2021年5月21日 星期五 阴

一百一十九

孩子为什么会自卑

一大早,有个家长给我打电话,说他孩子压力大,有些自卑,想休学。说实在的,这个孩子很优秀,多次考班上第一,也特别懂事,为什么有了抑郁的倾向?

任何一个家长都不希望自己的孩子没有自信,但是现实却是很多孩子长大后还是会变得自卑。孩子一旦陷入自卑,一遇到问题,他们往往首先会否定自己,对自己没有信心。这将导致他们错失很多机会,同时也会产生很多负面情绪。

我仔细地观察了这名家长,发现他对孩子的期望特别高,孩子没有读到清北班,就认为孩子失去了发展机会,当着老师的面,也在数落孩子:"别人都在看书,你还好意思玩!"孩子在他面前显得有些手足无措。在和老师交谈的过程中,他几次打断谈话,可以看得出,他性格非常强势,对孩子的事会大包大揽孩子,居高临下、盛气凌人地去批评孩子,不把孩子当作一个独立的个体。

当然,客观地说,孩子的自卑也与班级过分强调成绩、竞争,没有考虑到个体差异有一定的关系。

2021年5月24日 | 星期一 | 阴

麻烦的报账程序

一个朋友向我抱怨，这边的报账程序太过复杂，而且要自己去开票，他真想放弃收这个钱了。本来我们到这边来就是为了帮扶，原本也没想收钱，只不过这超出了我们帮扶的范围。

朋友的抱怨主要在于报账程序的体验很不好，这不针对某个单位，也不针对某个人，而是说这个程序设计很不友好。因为在重庆或者在其他地方，报账基本上不用自己跑上跑下，这边的程序有点像科研人员的经费支出程序，弄得你都不想搞研究了。

我能够理解，这里的资金比较紧张，教育的钱更要用到刀刃上。这些都不是问题，关键是谁来跑这个程序？能不能授予下面单位财务初审的权力？这涉及程序便民与否。

思维落后，才会真正步步落后。不知道我的总结有没有道理。

2021年5月25日 星期二 阴

一百二十一

请客吃饭

徒弟要请客吃饭,我本想拒绝,但看他们特别真诚,拗不过他们,也就随了他们。反正大家不是大吃大喝,交流一下感情也是可以的。说是徒弟,其实我们就是同事,大家聊的也是后期帮扶怎么操作。当然我也少不了给他们提建议,指出他们专业发展的路径。

只要他们认可我,愿意跟着一起做点儿事,我付出还是挺开心的。

在沿河的日子,他们也算我的铁杆粉丝了。最意外的是,在另一所学校,我素不相识的人,居然也说自己是我的粉丝,弄得我自信心爆棚了一回。

加油!

2021年5月26日 | 星期三 | 雨

一百二十二

小奖不断

  这一周，获得了四个征文奖，绵阳面对全国的征文奖，在300多件作品中，我的作品排在前20位。竹铃球征文二等奖，总计只有一个一等奖，两个二等奖，我最少也应该是前三了吧。阿坝州的征文有点离谱，先是通知说在濯水古镇举行仪式，所有费用全包，接着又说经费紧张，要参赛者自己付路费，还是不去了吧。荣昌的征文，我到现在为止都还没得到稿费，攀枝花的征文现在人气很旺，也许五月的最后几天还会有惊喜。重要的是自己快乐了，留下了生命的印记，这也算古人说的立言吧！

2021年5月27日 星期四 雨

一百二十三

准备针对高三年级的集体讲座

接到年级主任的邀请,要给高三全年级的学生做个高考前的心理辅导。说实在的,我自己的孩子都没做过心理辅导,这次还真要好好准备一番。考前的辅导,知识的东西已经不那么重要了,重要的是调整学生的心理状态。

我清楚地记得那时候我是怎样度过高考前的日子的。放七天假,自己在家调整,像我们这种不太自觉的,就休息了七天,关键是也没调整好,上考场前几个小时,感觉什么东西都想不起来。但考下来后,也没说发挥得不好。

高考是一种分层筛选型的考试,要将不同水平的学生分别筛选出来,送往不同层次、不同水平、不同类型的高校进行学习。因此,高考试题会有一定的区分度,我们没有必要在偏、怪、难的题型上大做文章,不要把自己的"理想分数"定得过高,使自己心理上保持适度紧张就行了。

其实考试最终还是要靠自己的综合实力,考前保持平常心,吃好喝好睡好就可以了。焦虑程度过高和焦虑程度过低时的学习效率都很低,而中度焦虑时的学习效率最高。所以,适度的考试焦虑有利于提高学习效率和学习成绩。我们可以通过自我暗示法、心理语言来调节中枢神经系统的兴奋度,从而使神经系统得到调整。考前几天考生宜看书而不宜做题,通过看书可以温习已有的知识,增强自信心,而做题则不同,题目太难,容易挫伤自信心。

在考前3天考生还要适当地翻阅一下书本,这样做不仅可以使这些重点内容始终在大脑中处于待提取的激活状态,而且可以使自己心里踏实。

最关键的是,不要轻易地破坏自己的生物钟。

一百二十四

2021年5月28日 星期五 雨

好遗憾，遇到您迟了

田同学，一个阳光的、面容姣好的女生，毕业合影时她主动挨着我站，平时挺开朗的一个女生，考前明显焦虑了。她对我说："老师，最近几次考试我发挥得都不好，我有点儿害怕。好遗憾，遇到您迟了！"

我又惊又喜，惊的是她这么阳光的女生也会如此焦虑，喜的是她对我的无限认同和依恋。我安慰她说："这是正常现象，要相信自己，努力了，青春无悔。"但我知道这个坎，必须她自己过。我可以教给她多种缓解焦虑的方法，但这能有多大用处呢？

面对县城基础教育的现状，我一方面对应试教育的危害深恶痛绝，另一方面又希望利用应试教育，让这个姑娘能够获得和她努力相匹配的高等教育资源。

教育的均衡，真不是两三年就可以一蹴而就的事。

2021年5月31日 | 星期一 | 晴

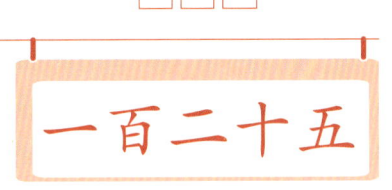

一百二十五

学历整体质量"注水"

  昨天参加了一场硕士生毕业答辩，感觉情况并不理想。许多学生的研究内容毫无创新，论文东拼西凑，文法不通，格式混乱，甚至题目、目录都有大问题。也难怪，每个导师要带那么多学生，精力也不够，何况整体生源质量较低是超高的录取率带来的直接后果。

  这一切无关利益驱动，无关风气使然，无关虚荣心，若只是如此，并不可怕，怕的是大学的迁就带来大学的诚信问题，影响高等教育的未来；怕的是这个传导链条会影响初高中的孩子们对教育的信仰；怕的是这会影响到国家的综合竞争力。

2021年6月2日 星期三 晴

一百二十六

一位让人心动的琵琶弹奏者

因为有高三年级的讲座,所以昨天临近晚上七点,我还急急匆匆地往学校赶。在半坡岔路口,我碰到一位慈祥的老人。他盘腿曲坐,弹着琵琶,一个很小的类似"小蜜蜂"的扩音器虽然有些破旧,但里面传出了欢快的乐声。

老人的跟前有个破碗,里边零零散散地放着几张一块的纸币。看见我路过,他应该猜得出我不会捐钱给他,但他仍然笑着,用目光和欢快的琴声欢迎我,也欢送我。即使是卖唱也如此优雅得体,这是因为艺术的熏染,还是因为骨子里的友善?我不知道。

不过是惊鸿一瞥,但那个温暖的场景依然给我留下了难以磨灭的印象。孩子们马上要高考了,我该怎样缓解他们的紧张情绪呢?在晚上的讲座中,我讲了这个故事,告诉他们无论我们身处什么环境,都要对世界温柔以待,都要保持一颗温润的心。传递快乐给别人,别人也会投桃报李。其实不仅是高考,整个人生都应这样。

2021年6月3日 | 星期四 | 雨

一百二十七

高考是怎样的加速度

"二高"大门前的那一段泥泞道路，都快一年了，还没修好。因为高考马上就要来了，在这之前必须要把这段路硬化。所以机器轰鸣，这里一天一个样，前天还在平场地，昨天水泥就硬化了，今天早上一来，大门居然都装到位了。要是按这个速度，一年时间，恐怕20所"二高"都该建完了吧。

在这个过程中，我也确确实实体会到了我们行政在设施建设中强大的推动作用。既然我们需要相对刚性的管理，不如索性做好管理工作。

当然，这样做也不是没有代价。因为地基平整仓促，水泥铺得太薄，估计以后还得敲了重来，我们必须在效率和质量、"刚需"和"软需"中维持一种奇妙的平衡。

一百二十八

2021年6月6日 | 星期五 | 晴

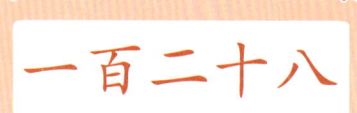

考前朋友圈

平时因为处于高三阶段，学生们一般是不碰手机的，这两天刷朋友圈的"高三党"多了。他们有晒吃的，有晒友情的，晒得最多的还是考试。

有人抱怨，这个世界上最宽广的是海洋，比海洋更宽广的是天空，比天空更宽广的是"考试范围"。有人说别人考试靠实力，不靠视力，自己考试靠想象力。还有人开玩笑说，如果我考过了，请不要叫我学霸，要叫我赌神。

更多的人开始准备"口彩"。考前穿旗袍，叫"旗开得胜"。卷子发下来一定要吻一下，这叫"稳过"。还有人调侃地说考试充分印证了考试是一个人的事，但分数却是七大姑八大姨等一帮子人的事。

有人说再苦再难，也要坚强，只为那些期待的眼神，只为自己十二年的辛苦。总之，每个考生都在以自己的方式放松自己，但愿每个考生都能心想事成！

2021年6月7日 | 星期一 | 多云

一百二十九

写"人"做人，一字一生

　　看到唐光雨的漫画作品，我想到了光风霁月的新时代，想到了经济繁荣、国力强盛的当下，我们青年人该怎样规划我们的青年时代，更好地发展自己呢？

　　做人和写"人"一样，新时代的青年，要成就一番事业，须像"人"字一样顶天立地，不偏不倚，脚踏实地，也须懂得写好"人"字，必有迂回曲折。"逆风"起笔时要学会藏而不露；"顺风"起步时，要以勇往直前的信念去开拓和挑战，创造属于自己的时代；发展停滞不前时，要学会积蓄力量，缓缓出头。

　　事业刚刚起步，必然会遇到来自方方面面的困难，此时我们要脚踏实地。藏而不露，是因为自己还很弱小，时机未到，应积蓄力量，待机而动。藏而不露，是因为这样可以更好地保护自己，此时是增长见识、丰满羽翼的绝佳时期。要明白潜龙勿用，端正心态与姿态，不眼高手低，老老实实做人，规规矩矩做事，心胸宽广，处事豁达。

　　我们要时刻保持初心，坚守心中的理想，不偏不倚；不畸轻畸重，不厚此薄彼，不偏听偏信。掌握合适的时机，把握适当的度。没骨头，撑不起一番天地，要做大写的人。在这个价值追求和内心信仰相对稀缺的时代，我们年轻人更需要笃定——不受外界裹挟，不被众人的意见所左右。人忙心不能忙，不做红尘的俘虏，不成欲望的奴隶。试问，金子虽然人人都爱，但如果在你肚子里面，你还会爱吗？

当处在人生事业低谷的时候,我们要知常在达变,及时地调整自己。人生不可能永远一帆风顺,当遇到困境的时候,控制情绪就是修行,不惧困境就是境界。真正的英雄,能屈能伸。没有谁一辈子都顺顺利利,所以,得意时固然值得扬眉吐气,失意时却不能一味消沉。人生中难免会有烦恼、沮丧、压抑、不快、怨尤等,这时候我们要学会宠辱不惊,从容、有效地处理诸多工作和生活中的问题。怀着一颗平常心,不去计较是是非非。世多惊涛骇浪,心是定海神针,在看透和超越间,从内心寻找强大的力量之源,徐图发展。

　　漫画新时代,写"人"如做人,一字似一生。亲爱的年轻朋友们,让我们奏响新时代的最强音吧!

2021年6月8日 | 星期二 | 多云

一百三十

先进集体

一所学校的社会责任感决定了学校最终能够走多远。历时1学年的教育扶贫由张副校长领衔，实施了沿河教育"十大"脱贫帮扶计划，实现了"理念共享、资源共享、方法共享、成果共享"。附中校长、书记、多名副校长和学科骨干教师前来问诊送教、进行联合教研，加强了沿河教育的造血功能。同时，学校免费承接了沿河教育组共3批次40余人次的影子研修、管理跟岗锻炼等活动。

向颢、付新民、唐运模老师常驻沿河毕业年级，听课、评课累计达150余节，为各年级上示范课100余节，专门组建了2个毕业年级学科培优班并亲自授课，为毕业年级命题改题达30套。老师们还深入教研组、备课组开展教研活动，通过联合教研、同课异构、大单元联合教学、项目式学习、研究性教研等方式，有力地促进了老师的专业化发展。学校"一诊"成绩超过了历史最高水平，以前最好的学生成绩在铜仁都排在600名开外，这次居然有多人多学科排在了前100名，学校把重本人数指标调高了一倍。

在张副校长的带领下，支教老师还利用自身的资源，为沿河"二高"捐款捐书近6万元。此外，三位常驻支教老师还为沿河全县6000多名教师进行了巡回培训50余场次，激发了老师们对职业、专业的热情，带动了整个沿河的教育教学发展，《贵州日报》还专题报道了附中教育帮扶的先进事迹。与此同时，附中的支教老师在沿河也得到了成长，全面锻炼了自己的管理能力，提高了理论素养，实现了向专家型、学者型教师的转型，实现了共同进步。

与此同时，附中支教老师还在沿河"二高"开展了研究性学习活动，开设了基于综合实践的生涯教育选修课，在培养学生的同时，也培养了一批生物、地理、计算机等方面的年轻科创教师。

沿河教育人对附中好评如潮，校领导和教育局的领导也认可附中帮扶团队，教育局的黄局长毫不隐讳地说："西大支教的团队最给力，我们后悔没把最好的资源配给最好的学校，如果以后有机会，一定要把西大团队放在民族中学。"冯校长动情地说："真要得益于共产党，让我们攀上了你们这样的好亲戚。幸亏我们选择的是西南大学团队！"帮扶的优秀高三学生更是直接表示以后非报考西南大学不可。民族中学的张校长说："原来沿河高中群文阅读赛课的条件不成熟，今天你讲了，群文阅读赛课的条件就成熟了。"思源中学的安校长根据附中老师毕业班的管理方法，直接办起了教育实验班。

总之，附中支教团队做到了一个人就是一面旗帜。

2021年6月9日 | 星期三 | 小雨到中雨

一百三十一

一堂好课的标准

评价一堂课好不好，虽然没有绝对的标准，但有些基本的规范以及由此生成的良好的课堂效果等，大家还是有目共睹、一致认可的。

比如，从课堂环节来说，一堂好课的课堂导入应干净纯粹，课堂环节的资料引用恰到好处，课堂的结尾引人深思，课堂安排环环相扣，教师对文本的解读新颖独到。

从课堂内容来说，好的教学寄身于一堂好课中，而一堂好课必须有人、有料、有趣、有变。课堂"有人"，一方面是指课堂上要有生命的成长，课堂要基于学生的生命生长需要，另一方面是指课堂要有教师个人的风格，如果教师没有个体意识，就会失去教学的创造性。"有人"，还包括不在场的人，比如教材的编写者、课程标准的制定者、考试说明的制定者。课堂"有料"，是指教师从实际的教学情境出发，合理运用课程教学资源。课堂"有趣"，是指课堂能让学生感受到发现某种稀罕之物的兴奋（迫不及待地要将自己的发现告诉大家，与大家分享他的乐趣），有趣的课堂会将学生的天赋、洞察力，以及多元的视野聚焦在他们对生命的挑战上，进而创造出一种全新的可能。课堂要"有变"，是指一堂好课是"动态生成"的，教师会根据课堂的实际情况调整教学预案和教学方法。

从课堂效用观察的角度来说，一堂好课是有温度的，冰冷的课堂或者太过炽热的课堂都不能称为好课堂；一堂好课需要教学的深度，浅层化、碎片化的教学不会吸引人。没有深度就没有提高,但深度并非没有限制,最合适的深度就是让学生"跳一跳可以够得着桃子"。一堂好课不仅要深下去,知识面还要宽起来;一堂好课要有一定的密度,平稳有序又严丝合缝,不会出现局部的紧绷或松懈。要使教学保持合适的密度,往往需要严谨的理性逻辑。

2021年6月10日 | 星期四 | 阴

一百三十二

唤醒受教育者的灵魂

"不能让孩子输在起跑线上"是一句非常反教育的话，就像"没有教不好的学生，只有教不好的老师"一样，是不遵守教育规律的口号。因为这句话，牺牲了多少孩子的童年，牺牲了多少孩子的快乐。

教育的价值在于唤醒每一个孩子心中的潜能。抢跑不仅虚耗了大家的生命，增加了大家的焦虑感和教育成本，而且直接扼杀了孩子的创造力。我们一直在不停地奔跑，跑得越来越快，也越来越累，却很少驻足自问：我们为什么要奔跑？我们实现了最初的梦想吗？

教育是为我们更美好的生活服务的。它不仅包含知识训练，还涉及社会和人生的伦理学训练。教育是为了解决现实问题而存在的，但教育绝不等于"实用主义"，教育强调人本身的完善，教给学生看似"无用"的东西，诸如历史、哲学、文化等，而这些东西却是最容易唤醒学生的灵魂的。我们的中学有太多的过度教育，这种教学方式对传统的人文经典教育或许是有效的，但对于现代自然科学、社会科学教育而言，其弊端是显而易见且危害巨大的。过度教育束缚了学生的思想和思维，它常让学生变得厌学、不喜欢思考、动手能力差。

相信教育部层面有战略性的定位和统一的思考与布局。

一百三十三　　2021年6月11日　星期五　阴

创造力与记忆力

中学老师很多时候记忆力好就占优势，让学生佩服。然而创造能力才是这个社会最需要的能力，从这个角度来说，不是只有大学才需要生产知识，才需要重视创造力的培养。

记忆力好固然好，如果记忆力不佳，就想想爱迪生。据说他的记忆力很是糟糕。小时候，他经常由于记性差而遭到同伴的嘲笑。他记不住老师讲的知识，所以考试成绩常常是最后一名。老师们觉得他愚蠢到了极点，对他没有任何办法。在检查身体时，医生也发现他的大脑不正常，最后竟荒谬地诊断出，他以后将会死于脑部疾病。

查理·卓别林的秘书为他工作了7年，可卓别林始终无法正确说出他秘书的名字。

那又怎么样呢？这一点儿都不耽搁他们走向成功和伟大。

我们的很多学生，看起来成绩差，可能是记忆力不好的缘故，对于这类学生，我们应当有耐心，不要一棍子打死，尤其不要给他们贴上一个"笨学生"的标签。

2021年6月14日 | 星期一 | 多云

高一、高二也需要你

  高三虽然结束了。但支教没有结束，本来高一就有选修课，高二的年级主任龚老师邀请我给准高三的优生上古文课。

  孩子们的主要问题是读不懂文言文。究其原因，一是古文知识贫乏；二是他们的知识学得很不灵活，不会迁移和变通，这和他们缺乏知识的有效整合和不了解文言文词汇的来龙去脉有关。

  后边我打算分两步走，一是给优生上几节示范课，告诉他们文言文学习的方法和技巧，以及如何自学。毕竟时间很紧了，离支教结束不足一月，我的影响力有限且难以惠及更多的学生。二是给老师们集中讲文言文知识难点如何突破，预计两个半小时的讲座，希望有更大的影响力。

一百三十五　　2021年6月15日｜星期二｜多云

眼界与格局

很多"二高"的孩子们现在走得最远的地方就是县城,很难开阔自己的眼界。我觉得这里的孩子太需要上一些信息技术课,太需要老师们在课堂中补充生活知识和社会知识。当然,孩子们更需要一个走出大山,到更高的平台去学习的机会。曾听过这样一个笑话:一位乞丐,机缘巧合救了皇帝的性命,皇帝问乞丐想要什么赏赐,乞丐居然请求皇帝划两条街准许他讨饭,乞丐的这个请求,就是他的眼界和格局。

我们老师在课堂上需要站得高,把世界大事、人生大事、社会大事告诉孩子们,让他们增长见识,开阔眼界,这才是理想的教育和教育的理想,也是教育的附加值所在。当孩子们拥有了不同的眼界,才能看到别人看不到的机遇。

2021年6月16日 | 星期三 | 多云

资源转化为资产

因为一个朋友的缘故,我认识了几个实业界的人士。他们虽然文化水平一般,但事业有成,从谈话中也能看出他们不一般的见识。

"要言不烦",是其中一人给我留下的深刻印象。因为他说了这么一番话:"八十年代、九十年代要成功,只要有胆识就可以了,现在要成功,需要找到合适的资源才能确保可持续发展。我现在要做的就是把资源转化为资产。而财富往往隐藏在社会现实当中。比如我们如果能够解决或者部分解决环境问题,比如我们承包一座山或者一段河流,等等,都是获得资源。当然,如果本身有很好的条件,那就是优质资源;没有也不要紧,只要盯着某个领域搞个三五年,你就是那个领域的专家。"

另一个人谈到了他的疑惑:"我们有时候很迷茫,钱够用了,我们为什么还拼命挣钱?在这一点上我真的比不上有的人,但我们确实也有我们的无奈。"

有将近二十年没有和企业家打交道了,现在的民营企业家果真更有思考力,把很多问题看得很通透。

然而许多老师几乎和企业界绝缘,要是我们能多和这些人士交流一下,说不定无意之中就激活了孩子们的企业梦。

2021年6月17日 星期四 阴

一百三十七

沿河教育资政

问题提出：

沿河土家族自治县总人口约68万，其中土家族人口约43万，占总人口一半以上，是典型的国家新阶段开发工作重点县、革命老区县。县里每年成绩较好的初中毕业生几乎都到外地读高中去了，这对县里的教育生态造成了极大的伤害，多数时候县重本率只有3%（严重低于省平均重本率）左右。具体表现为优秀的教师留不住，优秀的毕业生不愿意来，教师专业进取心普遍不强，基本都用统一的资料按教学模式上课。学生在校学习时间过长，很多与高考无关的学科形同虚设，很多人连黎芝峡（本县4A级景区）都不知道，严重缺乏生活经验。

问题分析：

一、教育生态已无法自行恢复。由于重本率低，缺投入，缺资源，教师没有成就感。教师要么出走，要么怠惰、追求享乐、不思进取。学校人才招聘困难，招录层次下降。教师整体教学理念老旧、教学能力较弱，加之缺乏淘汰机制，使得教育管理难度加大。学校普遍缺少自有资金，拨款又不充分，甚至有高中学校修了十三年还未完工。

二、整个教育体系都弥漫着一种习得性无助。管理层普遍重硬件不重软件，重教学不重校园文化建设、制度建设，把管理常规问题归咎于整体教育环境不好；教师积极性不够，把教学技能和专业技能问题归结为地域差异、生源差异、管理不到位等客观原因，不愿正视自身问题。

三、教师的官本位思想已渗透到方方面面。教师普遍信奉"教而优则仕"的价值观，是否当干部成了评价一个教师成功与否的最高标准。学校重灭火式教育管理，服务意识差；教育管理协调性差，服务响应缓慢。

四、劣币驱逐良币现象普遍存在。学校内部存在亚文化圈，教师间一定程度上存在学历鄙视链；赛课、科研获奖等变成了对要评职称的人的奖励，扭曲了评价激励制度；教学质量的高低、好坏在待遇上基本无差别；论资排辈现象、非专业人士占据专业要职的现象普遍存在；抢占教学时间降低教学效率，教师面临巨大的心理和生理压力，专业发展受限。

五、教育教学模式化，教师自主性和成长空间被人为窄化。因为教师教学水平参差不齐，教学自主权缺乏，所以学校往往强行推行一个教学模式，甚至因不信任教师，而统一用外面机构的资料，不让教师参与命题、组卷，校本教研流于形式，以致教师诊断能力弱，教学缺乏大数据支撑，教学完全自由发挥。

六、县域内教研力量薄弱，教研制度设计存在缺陷。很多教研员不具备高中教学履历，甚至是跨学科转行的，教研组织力、业务领导力欠缺，导致教研组凝聚力不够，没有结对帮扶等制度。在学校层面，教师跨年级教学的现象比较普遍，教师备课量大、效率低下、过度疲惫。教师备课单位为大组或者所有学科集中开会，不按年级分组，大而化之，计划落不到实处。

七、教学功利，扼杀了学生的创新能力。学生一进入中学，教师就把教学目标锁定为高考，让学生时时刻刻处在竞争环境之中，以保持旺盛的学习精力。学生早上6点多起床，晚上11点才离开教室，每天学习长达十四五个小时，这极大地扼杀了学生的创新能力，甚至使学生的身心健康受到伤害。

八、教育帮扶蜻蜓点水，沉淀时间不够。帮扶时间不固定或者太短，无法兼顾帮扶长远机制的建立、提升造血功能。而且，帮扶本身基本都是软约束，上几堂公开课、作几次讲座，很难深入学科教研文化中，并得到高度认同。

问题解决：

教育具有独立性，地处经济落后地区的衡水中学等依然可以通过教育吸引经济富裕地区的生源。名校率的快速下降，让教育资源跨区域流动，是县域教育生态失衡的根本原因。

一、培养两所竞争力大致均衡的学校，激活僵化的教育。县城一所学校独大，资源片面倾斜，导致管理机制粗放，整体缺乏竞争意识和忧患意识，教师拘泥于原有的认知水平和评价体系，很难跳出舒适圈，并进行发展。

二、仿照、参照教育部"特岗计划"，在一流高校招收地方急需的专业人才。以岗定酬、以岗招人、岗位固定、人岗分离，吸引部分优秀生源回流，为贫困地区输送优质人才，同时，改善教育生态。

三、利用互联网技术培养优质生源，培养优质师资，提升教育的自我造血能力。开展网络同步课堂，通过"教师六共同"，即共同备课、共同上课、共同出题、共同分析、共同科研、共同培训，促进教师深度融合发展，通过教师互派互训，实现共培师资队伍。通过"学生十共"，即共教材、共课堂、共进度、共作业、共辅导、共测试、共评价、共规划、共研学、共竞赛，共育优质学生。

四、改变帮扶方式，把以学科教师帮扶为主改为以教育管理帮扶、教研员帮扶为主，增强县域教育的内生动力。

五、监督课程开设情况，统一中小学作息时间，严格推行师生休息、休假制度。

六、建立教育系统内部回避制度。制订领导干部的配偶、父母、子女、姻亲等同单位利益攸关方回避制度。

2021年6月18日 | 星期五 | 阴

一次大联合教研

又是一次联合大教研,可惜听众太少,高三休假了,高一、高二有的班级又有课。其实老师们也很辛苦,毕竟是两天集中培训。当然不同的老师,参与培训的动机也不一样。有的是为了继续教育学分,有的是为了解决教学效率问题,有的则是为了解决教学中的困惑。作为培训者,我们必须照顾到方方面面的需要。培训时间长了,我觉得解决老师们的兴趣问题是非常重要的,这个问题不解决,其他培训都无从谈起。所以我非常注重事例的鲜活性,以及事例是否接近老师们的教学实际。说实在的,我不是一个风趣幽默的人,但为了老师们,我不得不到处找搞笑的点子。我的经验是自己不擅长搞笑,就通过网络找契合讲授内容的段子。

毕竟支教快结束了,之前花了那么大的力气,最后也要给他们留下好的印象。

在这次教研活动中,我也听了两个讲座,一个是讲地理高考命题走向的,一个是讲信息技术在学科中的应用的。

地理高考命题走向那个讲座讲的是命题背后的考量,给我印象很深的内容是讲命题者是如何运用课标、考纲以及一些常规命题技术的。高考有"几变几不变",即信度、效度、区分度不变,学科必备主干知识不变,考试的试题类型不变,常模参照测验的性质不变。变化的是现在强化立德树人,服务选才,引导教学;考核目标从片面强调知识到现在重视核心价值、学科素养;情景设置更突出育人性;试题的设问方式更突出综合思维,强调探究性,问题的设计也更加复杂和开放,从解题向解决问题变化;评价变为等级赋分。高考不仅测试学生,更是教学的指挥棒。他山之石可以攻玉,这些变化对语文学科教学也有参考作用。

信息技术在学科中的应用主要讲的是如何在网上找到并下载免费的学术论文,如何利用信息筛选工具统计高频考点,这也非常实用。

2021年6月19日 | 星期六 | 雨

一百三十九

金子是怎样发光的

最近看到这么一个故事，讲的是屠呦呦是如何被世界了解、认知的。

一位叫米勒的学者发现非洲的疟疾死亡率大幅度下降，以为是世界卫生组织发的帐篷的作用，验证后才知道是青蒿素的作用。他就问，青蒿素是哪国产的药？说是中国。谁发明的？不知道。他让他的学生到中国来调查是谁发明了青蒿素，一调查，一堆糊涂账，七个单位都说是集体发明的，都说自己有贡献。

米勒先生很会动脑子，写了七封信给这七个单位，说在青蒿素的研制过程中，您发挥了重要的作用，我向您表示敬意，除了您以外，您认为第二个发挥作用的是谁？结果大家都说是屠呦呦。

由此我想到了在教育战线上应该也有这样默默奉献的人吧。我希望有一种体制、机制能够让我们筛选出这样的人并把他们放到合适的位置上。但怎样衡量他们的专业水平、他们的贡献？在这些方面我们的确还有很长的路要走。就基础教育而言，更是如此。因为基础教育战线更长，更难衡量每个人贡献的大小。

不要掩盖了他们的光芒，不要让墙里开花墙外香，不要让错位成为常态。

2021年6月21日 | 星期一 | 晴

一百四十

新高三复习计划

高考是一场考验心力、智力和体力的持久战。"二高"领导要求我们联合做出高三复习计划。我的想法是根据我校学生的实际问题，主要关注基础题和中档题，各科教师根据所教班级特点制订复习计划和"盯人"计划，只要高三复习有序进行，是可以达到理想效果的。

对于尖子生，我们要扎实基础，稳步前进，优化班级教师队伍，注意尖子生弱科成绩的提高，实现知识的深度贯通；对于中等生，我们要重视"双基"，重点专练；对于学困生，我们要注重中低难度题目，拿好基础分，并逐步提高难度，培养他们的学习兴趣。

高三前半段，帮助偏科生强优补弱，一科也不能少。可采用化整为零，每天做适量练习题的办法来让学生保持解题状态，提高解题能力；通过对学科知识结构的系统地梳理，让学生保持稳定性；通过做典型题型，让学生牢固掌握学科知识的规律和原理，把主干知识摸清摸熟，让学生构建知识网络。

第一轮复习时间可暂时定在高三上学期，大约五个月，这个阶段强调师生同步，细致复习，做到毫无遗漏，让大多数学生把以前没弄懂的问题弄清楚。这个阶段的复习切忌急躁，要循序渐进、查缺补漏、巩固基础。

第二轮复习时间可从寒假开始到第一次模拟考试前，大约四个月。这个阶段是整个复习中的黄金期，这一阶段的任务是把前一阶段中较为零乱、繁杂的知识系统化、条理化，找到每科中的宏观的线索，提纲挈领，全面复习。这个阶段的复习针对的就是第一次模拟考试。

第三轮复习时间为第一次模拟考试结束至高考前，大约两个月。如果前边复习得很扎实，我们也可以把第三轮复习时间缩短为一个月。此阶段，主要是调节考生心理压力，调整作息习惯以保证充沛的精力。同时，查漏补缺不死抠难题和偏题，保持少而精的练习。

高三复习计划的要点是任务分解并落实，调动师生积极性，形成学科合力、班级合力，共享资源、考试情报，加强精准备考管理，合理利用集体智慧。

一百四十一

2021年6月22日 | 星期二 | 晴

告别

晚上有为我们支教老师举办的告别宴,熟悉的场景,上次来这里还是刚来支教的时候。时光飞逝,不知不觉支教就快结束了,我真舍不得可爱的同学们以及那些和他们一起上课下课、一起讨论学习的日子。我想起了领导送我们来的时候,他们的殷殷嘱托;想起了支教期间很多领导、同事都来看望我们,一起助力支教;更想起了在支教路上的点点滴滴,这一路上我收获了太多的感动。"二高"的校领导以及老师们,一起学习的同学们,那些美好的日子,沿河的山山水水,我都将永远铭记。

沿河的山水见证了我的努力、我的付出、我的奉献。在支教期间,我写了十多万字的支教日记,写了三百多篇与沿河有关的诗文,还对沿河教育做了深入调查。我当过科任老师,做过班主任,也做过培训者;讲过如何做教育科研,讲过教师如何专业化发展,讲过群文阅读,讲过写作,讲过高三后期复习管理,讲过考前心理辅导。同学们从我这里得到了快乐、得到了力量,老师们也因我而获得了发展。我在给学校注入活力和生机的同时,自身也得到了很好的成长。希望我们的友谊不会因为支教的结束而结束,愿彼此永远珍藏这份记忆!

2021年6月23日 | 星期三 | 晴

一百四十二

今晚出高考成绩

  高三杨主任踱步到继续教育办公室，和我聊起了高考。他的女儿今年也要参加高考，说起来他比他女儿更忐忑。想当初，他想关心她，但又不敢表露；想叮嘱她，但又怕她嫌烦；想问她卷子难否，但又怕影响她的心情。什么叫欲言又止，什么叫忐忑不安，什么叫诚惶诚恐，家长的心情起伏丝毫不亚于考生。但今天的杨主任看起来很轻松，其实他很早就想好了，如果孩子考不好，这个暑假他将哪里都不去，在家"闭门思过"。

  孩子们也挺不容易的。没错，高考前的紧张，考试后的兴奋，查成绩前的担忧，等等，让孩子们小小年纪就在"天堂"和"地狱"之间来回切换。是啊，面对自己努力了那么久、辛苦了那么久、钻研了那么久的事情，谁会不紧张呢？煎熬、忐忑、激动、纠结……可以说是五味杂陈，百感交集。

  今晚，一切都将揭晓。今晚，注定是一个难眠之夜。

  杨主任准备在我隔壁开一个房间，和我一起，等待，成绩出来的那一刻；等待，那些和我有交集的孩子们传来捷报；等待，希望杨主任和他女儿心想事成！

  今晚，不见不散！

2021年6月24日 星期四 晴

一百四十三

最后四堂课

今天上午高二有四个班的大课，下午高一(1)班有两堂课，这是支教的最后几堂课，对我而言，对学生而言，都是值得纪念的时刻。学生们精神饱满，我虽然昨晚没休息好，但也很有精神，因为我们都想将最美好的一面留给对方，成为彼此最美的回忆。说实在的，我因为先在高三培优，所以和他们接触很少（只是零星的讲座和借班上示范课时有所接触）。但这些孩子淳朴、懂事、有梦想，看见他们期待的眼神，我感到自己做的实在是太少了。教育均衡化是一个长期的过程，支教也永远在路上。正如一位校长所说："感谢国家有这样的政策，让我们结识了你们。"这话虽有些生硬，但道出了我们制度的优越性。

2021年6月25日 | 星期五 | 晴

报考咨询

  高考志愿填报是一件非常复杂的事。我们很多考生花了12年读书,结果只花了几个小时,甚至几十分钟就填完了高考志愿,这样有很多风险和隐患。且不说对学校本身和地域的考量,单是对投档线、院校线、专业线、考生位次、专业位次、线差、招生计划、招生章程等综合数据进行分析,也是要花很多时间的。所以高考后还有很多事情要做。

  朋友的孩子文化分392,贵州省艺术分215.37,按去年的录取线来说,本科(含梯度志愿本科、平行志愿本科)文化分是够的,但是贵州省这边的学校非常看重艺术分,而她的艺术分只高录取线10多分,很难有竞争力,又不想去偏远的地方,所以志愿填报很艰难。所以做好裸分正常报考二本院校的准备是很有必要的。第一志愿非常重要,当高校第一志愿人数比较充裕时,一般不再录取第二志愿的考生。我们应该详细了解欲报高校近三年录取的"实线"——最低分、最高分、平均分。在同一所学校,要选择分数能"够得着"的,自己喜欢或能够接受的专业。

  我给了她一些力所能及的建议,希望对小姑娘有所帮助。

2021年6月26日 | 星期六 | 晴

一百四十五

校长、中干培训

  我只是一个副主任，却要给全县的教育管理干部培训，而且要讲学校管理——中学管理的顶层设计与精准发力，这是因为附中给了我勇气和光芒。委实说，在近距离观察之后，我发现沿河的学校，和我们的学校比起来，还真是有些值得改进的地方。所以说，环境锻炼人呐！

  今天的培训在民族中学举行。说起民族中学，我上上个月还在这里做了一场讲座，效果很不错。这是我最后一次在沿河培训，可不能把自己精心打造的牌子砸了。毕竟来的人都是有经验的管理者，可不是随便诓一下或者抖点笑料就能"忽悠"过去的。加油，老付！

2021年6月27日 | 星期日 | 晴

一百四十六

送君送到大路口

  我们收获了一大波粉丝，连沿河教育局的领导，也专门挤出时间要来看我们，还要送我们到高速路口。当然，这不是官方的意思，是他们自发的行为，是另一种高度认可，没有奖章的认可。何止他们，有几位老师都因为没排上队请我们吃饭而快气哭了。想到这些，我感觉这一年的所有辛苦都是值得的。沿河，生命中最美好的记忆！

一百四十七

2021年6月28日 | 星期一 | 晴

从跨区领雁到跨省领航
——西大附中教育帮扶工作回顾

支教结束了,作为长期管理支教工作的人员,我们都应该做一个小结。自2009年5月以来,西大附中根据《重庆市统筹城乡教育综合改革试验实施方案》和教育部社会科学司函件,制订了学校结对帮扶机制综合改革试验的具体工作方案,从领雁工程再到教育部跨省千里驰援,历时12年之久,在深化教育改革、推进统筹城乡教育体制机制创新上取得了一系列突破,实现了从三级联动到项目联动再到捆绑式帮扶的跨越,从跨区领雁到跨省领航的跨越,切实把这项工作办成民心工程、德政工程、希望工程。

2009年,帮扶伊始,附中人摸着石头过河,强化认识,培养责任感,尽全力做好统筹城乡教育综合改革试验工作,通过联动科学骨干教师,打造三级联动骨干教师队伍和学校科学教师骨干队伍,并以此为突破口,探索形成具有创新性、示范性和实效性的统筹城乡科学教育模式,实现科学教育的均衡发展。

附中人育人为先,不辱使命,面对库区的学生,我校全体教职人员都怀着强烈的使命感和责任感,用真诚的热情和充足的人力、物力做好他们的教育工作,积极营造关爱氛围,从心理上、生活上、学习上关心他们,帮助他们尽快适应新的学习环境,并加大校园环境建设力度,营造和谐的校际氛围,为库区学生的身心健康与发展保驾护航。

与此同时，附中人创新帮扶举措，探索新的扶持渠道和方式，"把好事办实，把实事办好"。学校资源在制度完善、资金安排、师资培训以及一对一帮扶等方面，进一步向库区学生倾斜，积极探索智力扶持的渠道和方式。学校成立相应机构，完善各项工作制度，制订了切实可行的《专家引领，打造骨干教师群体实施方案》《课题推动解决城乡科学教育实施方案》《校际互派，"结对"帮扶实施方案》《信息技术辅助，提高城乡学校统筹效率实施方案》等，使项目实施落实到部门，落实到负责人。同时，为了提高统筹质量，我校专门聘请西南大学、重庆大学等专家学者，成立了大学专家组，多管齐下，切实提升库区教师队伍素质。通过教研，我校联合巫山中学和巫山县骡坪初级中学，制订了将综合实践活动、研究性学习和"2+2"项目有机整合起来的课程实施方案。通过该方案，我校联动巫山中学和巫山县骡坪初级中学实施了体育、艺术、科技"2+2"项目，开发了体育、艺术、科技"2+2"特长培养课程，做出了"2+2"项目评价。同时，我校与巫山中学和巫山县骡坪初级中学共同探索建设了科技兴趣小组、活动社团、创新研究组等，组织了校本课程开发与研讨，开发了校本课程和校园科学教育隐形课程，开展了初中综合实践活动，建设了基于学校特色的综合实践活动课程资源包。

在师资培训的过程中，我校建立了导师制度，即落实市级骨干教师、特级教师、研究员级教师与巫山中学、大昌中学、巫山县骡坪初级中学教师之间的长效导师指导责任制，加强全面指导培养。我校在帮扶期内，每年提供资金用于奖励巫山县山区乡村优秀教师，并派出各科骨干教师前往巫山开展献课、评课等教研活动。我校还启动了针对对口单位学生培养的"手拉手、共进步、同成长"的一对一帮扶活动。

帮扶的第二阶段，升级为三级联动，用项目联动来推动教育均衡发展。这一阶段，帮扶学校主要为丰都县包鸾中学校、丰都县仁沙镇初级中学校、荣昌初级中学、开州区德阳初级中学、万州区丁阳初级中学、忠县三汇中学等。

项目管理简单地说就是"做正确的项目，把项目做正确"。现代项目管理已经形成了比较完整的知识体系，学好这些知识，并将其与项目管理的经验紧密结合，我们就能够使项目管理更加主动和规范化。任务性质的工作非常适合项目管理。对口扶持薄弱学校任务一经确定，项目负责人就应着手开展相关工作，并按时填写实施情况汇报表，内容包括帮扶进度情况、项目内容的变化情况、项目实施过程中遇到的问题及解决对策、经费使用情况等。通过项目联动进行帮扶，有利于充分利用优质教育资源，最大限度提高教育资源使用效率；有利于探索扶持薄弱学校的具体教育操作策略，解决农村学校教育教学中棘手的实际问题；有利于增强帮扶农村学校的造血功能、发展动力；

有利于缩小城乡学生之间的素质差距,为高一级学校输送更优秀的人才;有利于构建和谐城市,充分发挥优质教育资源的示范辐射作用,实现打造未来西部教育高地的目标。

学校把行之有效的教育教学管理经验、教育科研成果、校园文化建设措施等迁移至对口学校,从而实现"理念共享、资源共享、方法共享、成果共享",使城乡受教育者在教育过程和教育结果上更趋公平和均衡。

学校还确定了系列协同发展机制,包括班子联动机制、任职培训机制、下派支教机制、横向交流机制、资源共享机制、示范课展示机制等专项议事制度。

这一阶段的帮扶做到了从以下方面进行联动:

(一)学校管理联动

1.在交流研究的基础上,统一制订联动发展方案,签订联动发展责任书,明确联动发展的工作目标和工作要求,落实各项联动发展措施。

2.相互交流学校管理制度、工作计划等,共同研究,互相借鉴,取长补短。

3.建立合作互助的管理团队,共享前沿信息和教育资源,共享发展成果。

4.每学期初联合制订教育教学行动计划,统筹安排德育、教学、党建、工会等活动的开展。

5.每学期召开一次由两校班子成员参加的学校管理研讨会,交流学校管理经验,总结、研究、安排教育教学联动发展工作。

6.每学期学校班子成员参加一次对方学校的教师例会,到学校现场上课、指导、讲座、研讨。

7.每年年底举行联动学校发展论坛,组织联动学校校长参加,以便联动学校校长交流经验,研究工作,总结得失。我们讨论了校本课程开发问题;课堂教学改革的问题;教师队伍建设问题;学校精细化管理问题;班主任的能力培养问题以及学校办学思路和发展方向问题;等等。

8.对方学校选派1名学校管理人员到我校任职(时间为一学期),加强办学理念、管理策略、管理方式的交流。

9.我校每学期选派1名学校管理人员到对方中学任职(时间为一学期),根据所承担工作的性质,参与相应工作的管理,积累管理经验,提高管理水平。

10.每学期定期安排学校管理人员到帮扶学校交流教学、行政等方面的管理经验,并适时给予指导性建议。比如2012年,我校就初中毕业年级复习、校本课程的研究与开发、班级建设、学校精细化管理等与丰都县包鸾中学校进行了大范围、深层次的交流。

(二)教师结对联动

1.每学期初制订结对工作计划,明确结对教师双方的责任,合理安排重点工作和重要活动,为教师结对成长行动创造良好的舆论氛围和工作环境。

2.在协商一致的基础上,根据两校实际情况,选派部分教师到对方中学任教、做讲座等。

3.建立考核制度,严格过程管理,采取定期和不定期两种方式,加强对结对双方备课、听课、上课、教研、管理、竞赛等诸环节的检查和考核,考核结果纳入本人年终考核。每学期开展集中检查、指导、督促工作,确保双方认真履行职责,确保工作目标落到实处。

4.建立激励、竞争机制,鼓励结对双方互教互助,共同提高。

5.建立"一对一"管理制度,规范资料建设,收录结对双方的听课、评课记录本,教学设计,专题讨论记录,课堂教学专题记录,教材分析讨论记录,联动教师听课、评课记录本,结对双方教研活动记录等资料,作为职称评聘、评优评先、绩效工资的主要参考依据。

(三)教育教学联动

1.两校德育工作每学期初同研究、同部署,活动相互开放,同开展、同评比。通过信息交流、相互观摩、集中研究、专题研讨等形式,提高双方德育工作的水平。

2.每学期初召开一次班主任联合工作会,通过研讨、培训等形式,研究班主任工作,提高班主任工作水平;每学期开展大型德育观摩活动,相互学习,共同研究德育工作的实施途径和办法;每学期末召开一次学校德育工作研讨会,通过讲座、论坛等形式,共同研究和总结学校德育工作。

3.德育工作的开展和研究要突出重点,关注学生养成教育、班级文化建设、德育队伍建设等方面,做到每学期都研究解决一个问题。

4.双方教学工作每学期初同研究、同部署,活动相互开放,同开展、同评比。课堂教学随时随地向对方学校开放。通过听"推门课""常态课"等方式,开展常态下的课堂教学研究活动。

5.统一安排教师到对方学校进行教学工作观摩和研讨活动,合力攻坚在课堂教学、教育科研、教研组建设等方面的热点、难点问题,共同研究提高教学质量的办法和对策,努力提高学校教学质量。

6.两校教师共同开展教学调查研究,发现各自的优点与不足,取长补短,相互学习;共同进行各项重点课题的研究,解决重点、难点问题,全面提升学科教学质量,用课题推动科学教师发展。

在"大手拉小手,一起往前走"的领雁帮扶中,丰都县包鸾中学校从濒临倒闭发展成了在当地学生争相报考的学校。丰都县包鸾中学校"两主一辅"六环节成长课堂模式被媒体广泛报道,还参加了全国成果展示交流会。学校形成了系统教育模式,有了自己的校本教材,有了规范的图书室、阅览室,有了标准的实验室,每位老师都有专用电脑,还配备了标准的食堂和塑胶运动场。

帮扶的第三阶段是捆绑式帮扶,重建教师成长的学校生态。这一阶段,主要帮扶的学校有云南普洱中学、合川实验中学等。

我们进行了教育管理、示范课、教研活动等方面的大规模交流。我们认为,教师的成长主要依靠学校生态。学校是教师成长的第一现场,我国拥有全球规模最大、体系最完备、手段最丰富的教师教育系统。校长及其管理团队必须整合制度、行政和情感的因素和力量,唤醒教师,构建教师精神成长的学校整体生态。

应试教育是教师成长的天花板。朱永新发出"重申教师职业之天命"的呼喊,他认为教师职业倦怠,是教育应试主义与市场主义合谋的结果。对竞争的病态强调,导致师生陷入了"囚徒困境",失去了对真理的不懈追求以及对生命意义的永恒探寻。我们认为,白热化的应试教育不是教师发展中应予以注意的背景,而是教师发展的障碍。校长要建设一个有创造力的教师团队,科学合理地应对应试教育。

精神成长是教师成长的首要问题。教师成长分为精神成长和专业成长两方面,而精神成长是专业成长的基础和动力。学科知识和教育知识等专业性知识和能力相对容易习得,教育精神却需要持久地修炼和提升。只有教师将教育当成事业,有志气,有情怀,才能真正实现专业成长教育,才能走向光明圆融的境界。

我们认为,教师成长需要强化教师主体地位,将发展权还给教师。建设教师发展共同体首先要将离场的教师主体请回学校。通过收缩行政权力、建立柔性管理机制,让教师分担行政权力;鼓励教师组建合作性学术组织、兴趣性学术小团队和以项目任务为目的的临时性组织,让教师的"想法"成为学校的目标;建立公正透明的、教师制订和认可的规则,让刚性要求化为自我肯定。

我们认为,要重建教师共同体,驱除过度竞争的"丛林生态"。学校在制订竞争和评价机制时要有明确的理念:拒绝"有你无我、你上我下"的淘汰式竞争;竞争必须做到公正、公开、透明;鼓励个人出头,同时也鼓励团队共荣;鼓励在发展和创造上竞争,同时鼓励在名利上谦让。通过构建"岗位制校本科研",让课程内容教研化,研究行为日常化;重建非行政介入的、基于教师共同目标和兴趣的学术组织和学术小团队,保障教师学术自由;用敬颂礼、拜师礼、表彰会、师生互赞等典礼活动,肯定教师的价值,重振师道尊严。用丰富的关怀活动,关心教师身心健康,温暖教师家庭,充实教师精神生活。

这一阶段,项目联动帮扶模式更趋科学化。

我们把帮扶项目分解为四大项目。一是问题顾问项目。我们成立了问题顾问团,因地制宜,把问题解决基地前移,尽量现场解决问题、就地解决问题。二是共同研训项目。学校校长带领研究员、特级教师、市级学科带头人与对方教师按学科形成"研训共同体"。三是CIS班级育人项目。我们指导对方学校管理团队进行素能特训、人格教育、建班典礼和假期学生实践工作。四是探究展评项目。通过项目探究——"小先生"讲座——大赛展评的学术活动机制,让学生主动学习和合作学习。

学校先后成立了教师发展组、课程建设组、德育工作组、体育艺术组四大对接项目组,"定单式"培养对口学校管理队伍和教师队伍,利用我校举办的全校赛课、缤纷节等活动,到基地学校讲座、调研,以到校示范与研讨等多种形式,与对口学校交流。为确保交流效果,我们通过班子联动机制、任职培训机制突破管理文化屏障;通过示范课展示机制、横向交流机制突破教师文化屏障;通过资源共享机制突破隐形课程文化屏障;通过校际文化交流机制突破学生文化屏障,真正做到学校管理联动、教师结对联动、教育教学联动。

```
                    理念共享  资源共享
                    方法共享  成果共享
```

```
教师发展组 ──┐                              ┌── 班子联动机制
            │         ┌─────────┐          │
课程建设组 ──┤         │ 项目负责制 │          ├── 任职培训机制
            │         └─────────┘          │
德育工作组 ──┤    ┌───┬───┬───┬───┐         ├── 示范课展示机制
            │    │问 │共 │C  │探 │         │
            │    │题 │同 │I S│究 │         ├── 横向交流机制
            │    │顾 │研 │班级│展 │         │
体育艺术组 ──┘    │问 │训 │育人│评 │         ├── 资源共享机制
                  │项 │项 │项 │项 │         │
                  │目 │目 │目 │目 │         └── 校际文化交流机制
                  └───┴───┴───┴───┘
```

"四四制"项目联动帮扶模式图

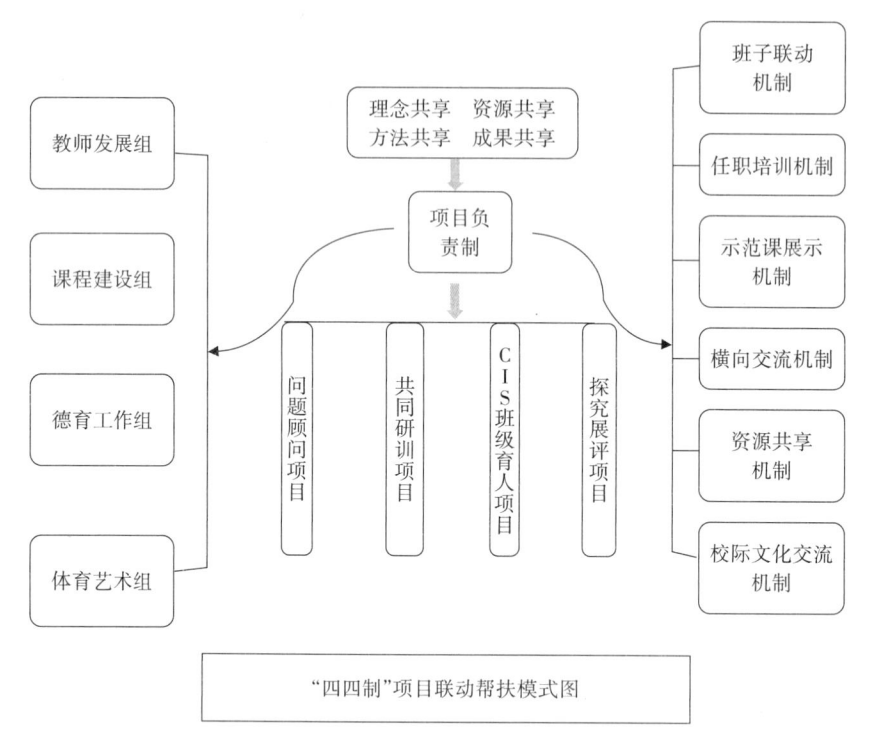

我们制订了联动方案，确保结对发展措施落地。学校组织制订了校际联动计划，确定了教学管理联动计划、班主任工作联动计划、试题研究联动计划、学业评价研究联动计划，由我校课程研发中心的一位副主任直接执行该项目，和对方学校的骨干对接，把专业建设一步步落到实处。我们先调查了解对方学校实际需求，在深入沟通和预先做足功课的基础上，派遣优秀教师进行教学示范，再组织本校名师到校进行理念和实践操作培训，指导开展校本教研和教育科研工作。

学校从人力、财力、物力上予以倾斜，选择教学效果好的一线教师、管理者送教下乡，还邀请对方教师及管理人员到校进行研修、轮训。

在管理方面，双方学校通过领导之间的互动交流，就学校的办学理念、办学特色及宏观管理，开展改革与创新研讨活动，共谋学校发展，进一步提升学校管理层的领导业务水平和管理水平。双方管理层还在教师专业发展、高效课堂建设、校本课程开发、新课程理念下的教育教学评价等方面进行了深入交流。

在教学方面，我们采取结对帮扶等方式，通过各种途径相互切磋，围绕教法研讨与高效课堂案例分析等，努力提高帮扶教师的教育教学水平。与此同时，教师利用毕业年级的月考机制，通过成绩反馈，让对口学校了解自身的差距和问题，进行有针对性的教学改进。双方学校每个学科的相应年级都建立了信息共享机制,实现了教研备课的实时交流,无缝对接。

在德育方面,双方德育管理领导就班级管理、心理健康教育、安全教育和安全事故防范等方面进行了交流,有力地推进了对口学校的德育工作,有利于智慧型德育教师的培养。这些交流与学习对对方管理层和班主任思想观念冲击很大,对方听课教师甚至说自己"憋了两个半小时的尿,就怕听漏信息"。

这一阶段,我们注重对口学校办学理念、管理策略、管理方式的交流。我们积极履行帮扶责任,全面关注帮扶教师的教育教学工作,做到"三带":带师魂——爱岗敬业,无私奉献;带师能——掌握教育教学基础知识与技能;带师德——育德之道,为人师表。努力让帮扶教师过好"四关",即课标教材关、教学方法关、学生管理关、教学质量关,以期帮扶教师早日成为教学有特色、业务过硬的骨干教师。

我们还提供增值服务,为帮扶预留升级空间。本着"人无我有,人有我优,人优我精"的原则,我们对对口学校的办学理念、校本教研和校园特色文化建设进行了诊断,就特色学校、显性隐性校园文化、新课程改革、师资培训、教师个人发展等问题进行了交流,让对口学校有意识、有准备,力争在新一轮特色学校申报和发展中抢占先机,增强对口学校课程领导力、核心竞争力,为一校一品、特色发展打下坚实的基础。